S級学園の自称「普通」、
可愛すぎる彼女たちに
グイグイ来られて
バレバレです。

高屋敷《たかやしき》瑠亜《るあ》
調子ノリノリ
クソザコお嬢様。
鈴木《すずき》和真《かずま》
瑠亜と絶縁し
「普通」を目指す
高校生。
湊《みなと》甘音《あまね》
メカクレ子猫な
新人声優。

CHARACTERS

S kyu gakuen no jisho "Futsu", kawaisugiru kanojyo tachi ni Guigui korarete Barebare desu.

CONTENTS

S kyu gakuen no Jisho "Futsu",
kawaisugiru kanojyo tachi ni
Guigui korarete Barebare desu.

Suzuka Kotyou

Amane Minato

S級学園の自称「普通」、可愛すぎる彼女たちにグイグイ来られてバレバレです。

裕時悠示

講談社ラノベ文庫

口絵・本文イラスト／藤真拓哉
デザイン／ＡＦＴＥＲＧＬＯＷ

#1 〈俺は**普通**に生きることにした。〉

S-kyu gakuen no jisho "Futsu", kawaisugiru kanojo tachi ni Guigui korarete Barebare desu.

「アンタと幼《おさな》なじみってだけでも嫌なのにw」

「――ああ、俺もだよ」

「えっ」


予想外の〝奇襲〟に、彼女の表情が凍りついた。

彼女の名は高屋敷《たかやしき》瑠亜《るあ》。

俺の幼なじみである。

ここは駅前のカラオケ店。

広くて豪華なＶＩＰルームに、学校の「上級」たち、トップカーストの男女が集結している。身分もわきまえずのこのこやってきた下級陰《いん》キャ、カースト最底辺の俺を、ニヤニヤと見つめている。

瑠亜は、自慢の長い金髪をサラリとかき上げた。

ツヤツヤした唇の端が、ワナワナ震えている。

「な、何言ってくれちゃってるワケ？　和真《カズ》のクセに生意気よ！」

「お前が嫌だって言ったんだろ、瑠亜。お互い様じゃないか」

「はあ？　ふざけんなバカ。アンタにそんな権利ないから。アタシがアンタを嫌いになるのは自由だけど、アンタがアタシを嫌いになる自由はないのよ！」

なんというジャイアニズム。

アンタのものはアタシのもの。アタシのものもアタシのもの。

こんな滅茶苦茶《めちゃくちゃ》を言うやつが、学園一の美少女で、しかも今をときめく人気絶頂のアイドルだっていうんだから、世も末だ。


これ以上の議論は無意味。

耳が腐る口が腐る目が腐る。

同じ空気も吸いたくない。

幼稚園以来、十年の付き合いも今日で終わり。

「じゃあ、そういうことで」

テーブルに、自分のぶんの料金を置いた。入室して三分と経《た》ってないのに馬鹿馬鹿しいが、手切れ金と思えば惜しくない。

上級軍団の野次《やじ》が俺の背中に投げつけられる。


「ダッサ」

「なにイキッてんの」

「バカみてー」

「死ねw」


罵詈雑言《ばりぞうごん》の雨を浴びても、何も感じない。こいつらは人間の皮をかぶった動物、瑠亜の飼い犬にすぎない。そんな連中に何を言われても、痛くもかゆくもない。

もう俺は、モテなくていい。

ひとりぼっちでいい。

そう考えたら、前へと踏み出す足が軽く感じた。

俺はこれから、一人きりで生きていこう。

◆

事の発端《ほったん》は、日曜の朝。
俺のスマホに届いた瑠亜からのメッセージだった。

『ねえカズ、今日午後三時に駅前来れるー？』
『浅野《あさの》クンやアヤチャたちとカラオケすんだけどさー、どーよ？』

正直、戸惑《とまど》った。
瑠亜があげた二人は、どちらも学園の特待生、「上級軍団」のメンバーである。
浅野勇弥《ゆうや》は野球部の一年生エース。浅黒い肌のイケメン。
柊《ひいらぎ》　彩茶《あやさ》はダンス部一年のリーダー格。
どちらも美男美女、学校のどこにいてもキラッキラしてて目立つ二人だ。
たち、ということは他にも来るのだろう。学校の上級軍団が。
そんな連中のカラオケに、目立たない陰キャである俺が参加していいのだろうか？
『俺が行っていいのか？　二人とは全然親しくないんだけど』
返信すると、すぐにまた着信があった。
『だってカズ、言ってたじゃん。明るくなりたい、友達が欲しい、彼女欲しいって』

『それにはさ、アタシらみたいな上級軍団に入っちゃうのが一番だよ』

『ね？　勇気出して一歩を踏み出さなきゃ!!』


突然そんなことを言い出した瑠亜に違和感を覚えつつ——納得している自分もいた。

確かに俺は、地味で暗い自分を「良し」とはしていない。

普通の高一男子なんだから、友達も彼女も欲しかった。

別に瑠亜みたいな人気者じゃなくていい。

普通に友達がいて、普通に彼女がいれば、それで良《い》いのだ。


だけど、その「普通」はなかなか手に入らない。


そんなテレビとか雑誌で言われてる「普通」って、全然普通じゃない。友達が多くて恋人がいて、みたいな青春を送ってるやつなんて、クラスにほんの数人しかいないじゃないか。

どうして浅野勇弥は、あんな風にかっこよく制服を着崩せるんだろう？

どうして柊彩茶は、大学生の彼氏と付き合えるんだろう？

どうしてあいつらは、教室で大きな声でおしゃべりできるんだろう？

あんな風になれるとは思わないが、せめてあいつらの半分程度の明るさと社交性があればー——と思ったのは事実だ。

瑠亜にも一度、そんな話をしたことがある。

今をときめく人気アイドルの回答はこうだった。


「バッカじゃねーの？　アンタみたいな陰キャが、身の程わきまえなさいって」

「アンタの価値はねえ、この瑠亜様の幼なじみっていうことくらいよ。そのことだけで、人生の幸運ぜんぶ使い切ってるの！　それだけでもう『普通』じゃないの！　わきまえなさいッ！」


瑠亜らしい言葉だった。

瑠亜はこの女王様的なキャラクターで芸能界でも売り出している。Mな男がこの世には多いのか、なかなかの人気を博しているようだ。

そんな瑠亜の口癖は「わきまえなさいッ」。

身の程をわきまえろ。

顔面をわきまえろ。

生まれをわきまえろ。

遺伝子をわきまえろ。

いろんな言い方で、自分が「上級」であり、俺が「下級」であることを表現してきた。

なにしろ瑠亜は超大金持ちのご令嬢で、学校の人気者で、駅前でスカウトされてアイドルになって——という絵に描いたようなお姫様《プリンセス》である。それに引き替え俺はなんの取り柄もない。友達も少ない。彼女ももちろんいない。ダサくて、暗くて、趣味といえば読書という、これまた絵に描いたような陰キャ。

だから言われてもしかたがない。

そんな風にあきらめていた。

そんなところに、今回の誘いだ。


(これは、チャンスじゃないのか)

(勇気を出して、参加してみるべきじゃないのか)

(上級軍団に入れるなんて思わないけど、自分を変えるきっかけになるかもしれない)


俺は決意を固めた。

仕事にでかける準備をしていた母さんに話をして、美容院に行くお金をもらった。母は平日は普通に会社に行き、さらに土日は近くのスーパーでパートをしている。母子家庭だから、お金がないのだ。そんな母親にお金をせびるのは気が引けたが、このボサボサの髪はどうにかしておきたかった。

母さんは笑ってお金を出してくれた。

「頑張っていい男にしてもらってきなさい！」

「彼女できたら、母さんにも紹介しなさいよ！」


感謝しつつ、急いで近所の美容院に行った。

無愛想な鼻ピアスの美容師さんに、緊張しながら「明るくサッパリしてください」と告げた。無口だけど腕は確かで、こざっぱりした感じに仕上げてくれた。

それから家に駆け戻って、クローゼットをひっかきまわした。ともかく変じゃない格好ということで、ネイビーのジャケットに無地の白Tシャツ、デニムを選んだ。ジャケットは冬物しかなくて、五月も後半の今日じゃ暑かったけど、我慢しよう。

祖父の形見の腕時計をはめて、カラオケボックスに行った。

緊張しながら、指定された部屋のドアを開けると——。


「ぶっ、ぶわっははははははははははははははははははははは」

大爆笑に出迎えられた。

浅野勇弥が、学園の「上級」軍団十数名が、そして瑠亜が、ドアのところで立ち尽くす俺を指さして笑ってる。笑ってないのはギャルの柊彩茶だけ。だが、その柊にしても、俺を軽蔑の目でにらみつけている。


「うわっ、ホントに来たよｗｗｗ」

「信じらんねーｗ　なんか髪切ってるしｗｗ」

「じゃ、じゃ、じゃ、ジャケット着てるぅぅぅぅぅぅぅぅぅぅぅぅぅ！」

「ちょｗｗｗ待ってｗｗｗ　美容院のニオイするｗｗｗｗｗ　無理ｗｗｗｗｗ」

「ぷぷぷぷぷぷ笑っちゃだめだよみんなｗｗｗ　精一杯キメてきたんじゃんｗｗ　笑っちゃだめぷぷぷぷぷぷぷぷぷ」


俺はすべてを理解した。

ああ――なるほど。

こういう「イベント」だったわけか。

だから、呼ばれたんだ。

広々としたソファに座る美男美女のみなさんを、俺は冷めた目で見つめた。別に腹は立たなかった。「ヒマなんだな」と思った。恋に勉強にスポーツに毎日充実してるんだろうと思い込んでいた連中の「本当の姿」を見て、哀れみすら覚えた。ただ、美容院代を出してくれた母さんのことを思うと、悲しくなった。

「――ほら、何突っ立ってンのよ」

瑠亜が低い声で言った。

「ほらカズ。泣きなさいよ。わめきなさいよ。アンタが泣きべそかくのに、アタシ、一万円賭けてるんだからさ。ほら」

俺が無反応なのが気に入らないようだ。浅野勇弥が「俺は、すぐ逃げ出すに千円なー」と茶々を入れてくる。

「ひとつ、教えて欲しい」

俺は静かに聞いた。

「俺が、何かしたかな？」

「お前らの気に障《さわ》るようなこと、何かしたか？」

「どうしてこんなことをされなきゃいけない？」

部屋はしんと静まりかえった。

下級庶民の意外な質問――いや、反逆に面食らっている。「どうして黙って殴られないんだ、コイツ」みたいな顔。「ノリが悪いなァ」みたいに興ざめしている顔だ。

「どうしてって？　馬鹿なこと聞かないでよ」

あごをしゃくって、瑠亜は言った。

「アンタがアタシのドレイだから、に決まってンじゃん」

「…………」

無言のままでいる俺に、彼女は言葉を投げつけた。

「ホラホラ。せいぜいみっともなく悔《くや》しがって、アタシを楽しませてみなさいよ」

「本当なら――アンタと幼なじみってだけでも嫌なのにｗ」

ぷちっ。

ぷちっ、と。

その瞬間、「何か」が切れる音がした。

堪忍袋の緒？　いいや、違うね。

これは〝縁〟が切れる音。

なんだかんだで、瑠亜とは長い付き合いだ。それなりの情がある。

多少の言動には目をつむってきた。

昔は一緒に風呂だって入った仲だ。

その傍若無人《ぼうじゃくぶじん》な態度も、俺に対する気安さの表れ——そんな風に解釈してきた。

だけど、もう。

無　理　。

こんな思いをしてまで、こんな仕打ちをされてまで、人間の皮をかぶったケモノどもと仲良くなりたいとは思わない。

覚悟はいいか、鈴木和真《すずきかずま》。

三年間、ひとりぼっちの高校生活を送る覚悟はＯＫ？

この場をヘラヘラ笑って流してまで、友達が欲しいと思うか？

――NO！

気に入らないヤツに媚《こ》びへつらってまで、彼女が欲しいと思うか？

――NO！

ならば、良し。

いざゆかん。

孤独の荒野《こうや》。

「――ああ、俺もだよ」

それは、別れの言葉。

十年来の幼なじみとの「絶縁」。

そして、これまでの自分と、決別するための言葉だった。

◆

翌日の朝。

登校すると、教室の廊下に机と椅子《いす》がほっぽり出されていた。

なんだろうと思ってみれば他でもない、俺の机だ。

ご丁寧に貼り紙がしてある。

『おめえの席、ねーからw』

まぎれもなく、彼女《アレ》の字だ。

「……へえ。なるほど、そうきたか」

うすうすわかってたけど。

昔から、知っていたけど。

自分のひがみかもしれないと思って、ずっと見ないふりをしてきた事実を、俺はいま、

はっきりと認識した。

俺の幼なじみだった女は、

超大金持ちのご令嬢は、
巷《ちまた》で話題沸騰中の超人気アイドルは――。
最低最悪の、ブタ野郎だ。

#2 〈普通だから新人声優の応援をする。〉

S-kyu gakuen no jisho "Futsu", kawaisugiru kanojyo tachi ni Guigui korarete Barebare desu.

【ほぼ毎日投稿】るあ姫様が斬る！　～わきまえなさいッ～✔

チャンネル登録者数108・5万人

『ぶんぶーん。へろぅ、ヨウチューブ！』

『アイドルやってる〝るあ姫〟こと、高屋敷《たかやしき》瑠亜《るあ》でーすっ！』

『ん。今日はねぇ、「いちばんムカついたこと」ってテーマでしゃべろっかな～』

『あーね、アタシね、お昼にね、クラスの子たちとカラオケ行ったんだけどー』

『あ、もちろん女子だけだよ？　アタシ陰《いん》キャだからｗ　男子トカ怖くてしゃべれないしぃ』

『その時にね、ひとりだけノリの悪い子がいてー』

『ひとりムスッとして歌わなくて。おまけに途中で帰るとか言い出してー。テンションダダ下がり～』

『その子、アタシが誘ったからさ。みんなに申し訳なくてー』

『これ見てる臣下のみんなもね？　ちゃーんとわかっといてほしいの』

『ひとりはみんなのために、ってコトバ』

『せっかく盛り上がってる場を台無しにするようなこと、ダメゼッタイ‼』

『じゃないと、るあ泣いちゃうからねっ。ぐすぐすっ』


『最後に、業務れんらくー』

『新しいお仕事が決まりました！　どんどんぱふー』

『同じ事務所・同じ学校の新人声優・湊甘音《みなとあまね》ちゃんと、ユニット組んで、ＣＤ出します！』

『詳しいことが決まったら、またこのチャンネルで告知するから、見逃さないでよ？』

『そーゆーわけで、るあ姫でしたっ♪　まったねぃ♪』

『とーろくとーろく♪　ちゃんねるとーろくー♪』

【コメント欄　１０５２】
まずい棒・１分前
いるよな、そーゆー空気読めないやつ

ドンガバス・1分前
姫様には我々がついておりますぞ!!

ヘラジカ緑茶・2分前
るあ姫に恥かかせたヤツ、ぶち殺してぇ

ST・2分前
ユニット決定おめ!

るあたん好き好きマン・3分前
ミナトアマネってだれ?　ググってもウィキすらねーし

吉田《よしだ》・3分前
姫の格を下げるような子と組んでほしくねーな

◆

さて——。

俺の机と椅子《いす》が、廊下にほっぽり出されているわけだが。

こういう時、いろいろと選択肢はあると思う。

定番行動としては、机を教室に運び込んで、何事もなかったような顔で席に座り、周りの嘲笑《ちょうしょう》に耐えながら心を無にして授業を受けること。おそらくこういう目に遭ったら、八割の生徒がしかたなくこの選択肢を選ぶだろう。

残りの二割は、職員室に駆け込むはずだ。

すなわち、先生に言いつける。

貼り紙という証拠もあることだし、熱心な先生であれば「いじめ」として扱ってくれるかもしれない。大人に頼るとは軟弱なようだが、勇気ある生徒はむしろこちらの選択肢を選ぶのではないか。

だが、俺としては無い。

この選択肢は無し。

理由はふたつ。

ひとつは、この帝開《ていかい》学園の特殊性。

もうひとつは、瑠亜が人気アイドルであることだ。

創立十年に満たない新設私立高校である帝開は、古くからの名門校に追いつけ追い越せと躍起になっている。部活にも進学にもめちゃめちゃ力を入れていて、入試で良《い》い成績を取った者は授業料免除、スポーツで優秀な者には学費や寮費をタダにして、全国から「特待生」を集めているのである。「S級の人材を育成し、帝開を世界一にする」というのがこの学園の校是《こうぜ》。マスコミからは「S級学園」なんて呼ばれている。

勉強・スポーツ・芸能に秀でた天才が、上級。

その他の凡人は、下級。

このカーストは、ある時は隠然と、ある時は露骨に、この学園を支配しているのだ。

そんな帝開学園のなかで、今一番知名度があり、もっとも広告塔として目立っているのが、るあ姫こと高屋敷瑠亜だ。

普通、人気アイドルが自分の通う学校名を公《おおやけ》にするなんてありえないのだろうけど、瑠亜は「帝開生」であることを動画でしゃべっている。瑠亜のチャンネル「るあ姫様が斬る！」は事務所が管理しているらしいから、学校にも事務所にも公認なのだろう。時々、ファンが校門に押しかけてきて警備員と揉《も》めてることがあるけど、それも学校は「広告費」代わりに思っているのかもしれない。

それほど瑠亜を大事にしている学校が、俺なんかの味方をするだろうか？

もちろんＮＯ！

うちの担任のハゲジジイにしてからが、瑠亜のことを猫かわいがりしている。瑠亜も彼の前では猫かぶっている。陰では「うわーあのハゲジジイキモッ。見られただけで髪の毛ぬけちゃう〜」とか抜かしているが、知らぬはおハゲばかりなり。

そういうわけで、選択肢は「机を教室に戻して、黙って授業を受ける」しかない。

——の、だけれど。

もう、一人で生きていく覚悟を決めた俺には、第三の選択肢がある。


「……これでよし、っと」


貼り紙にキュキュッとマジックで書き足して、教室の扉に貼り付ける。

机と椅子を、通行の邪魔にならないよう、廊下の隅にくっつける。

俺は歩き出した。

貼り紙には、おハゲ先生にあてて、こう書いてある。

おめえの席、ねーからw
——と、高屋敷瑠亜さんに言われたので、ひとりで自習します。

高屋敷さんの命令ですので、ちゃんと出席扱いにしてくださいね。

よろしくお願いします。

鈴木和真《すずきかずま》

◆

教室から追放されたというのに、足取りは軽かった。

見慣れた校内の風景が、いつもと違って見える。

例えるなら、風邪《かぜ》をひいて休んだ日、普段は見られないお昼のワイドショーを見ているような感覚だろうか。なんでもないふつーの番組が新鮮ですごく楽しく見える、あの感覚。

と――。

その時、制服ズボンのポケットでスマホが震えた。

元・幼《おさな》なじみからのメッセージの着信だ。

08:40　瑠亜：ねえカズ、昨夜のアタシの動画見た？

08:40　瑠亜：みーんな、アンタのことひでーやつだってw

08:40　瑠亜：どーしよっかなー。次の動画でアンタの名前公表しちゃおっかなー。
08:40　瑠亜：そしたらアタシのファンに襲われちゃうかもよ？
08:40　瑠亜：さあ、ミジメにそこの机ひきずって、ミジメに教室に入ってきて！
08:40　瑠亜：そしてミジメにアタシに土下座しなさい！
08:40　瑠亜：そしたら許してあげる。ッシャッシャ！

即座にブロックした。

ぶーぶーうるさい。ブタ。

どれだけ綺麗《きれい》な顔や声をしていようと、性格がド最悪なら「ブタ」としか認識できなくなるんだな。認知心理学に一石を投じる貴重なサンプルだ、あのブタさん。

「――さて」

どこに行こうか。

図書館に行きたいのだが、あいにくあそこは職員室の隣。教職員に見つかってしまうような場所はダメだ。あるいはサボりの定番スペース・屋上？　いや、ふつーに鍵かかってるし。

ならば、あそこだ。

地下書庫。

学園の生徒のなかで、その存在はほとんど知られていない。下手すれば教職員だって知らない。本好きで図書館常連の俺だけが、図書委員の先輩から「特別に」って教えてもらった、秘密の場所なのだ。

体育用具室の隣にある狭い階段を下りていった。

ここの天井は低くて、少し屈《かが》まなくては頭がつかえてしまう。

まるで洞窟を探検してるみたいで、いつ来てもわくわくする。

ところが――。

地下書庫に、誰かがいる気配がする。

扉の向こう側から、衣擦《きぬず》れの音と、すすり泣くような声が聞こえてくるのだ。

――なんだろう？

ネズミはこんな声で鳴かないし、まさか幽霊？

面白い、興味あるな……。

陰キャも幽霊も、日陰者って意味では似たようなものだし。仲間だ、仲間。

好奇心にまかせてドアを開けると、そこにはひとりの女の子が立ち尽くしていた。

……下着姿で。

つまり、着替えの真っ最中――。

「きゃああああぁぁぁぁああああああああああああああああああっっっ⁉」

ものすごく驚かれた。

学校じゅうに響き渡るような、めちゃめちゃな声量だ。

俺はすぐにドアを閉めた。

ドアごしに呼びかける。

「ごめん。まさか、人がいるとは思わなかったんだ」

「…………っ」

「図書委員の先輩から、ここを自由に使っていいって言われてるんだけど」

沈黙の後、ドアごしに返事があった。

「……先輩って、読川《よみかわ》先輩ですか？」

声量は小さいが、耳に残る心地よい声だ。

「そうだけど、君も先輩に？」

「はい。……あの、ちょっとだけ待っててください」

衣擦れの音が再開された。

失礼と思いつつ、その音を聞いていると——さっき見てしまった彼女のあられもない姿が、まざまざと思い出されてしまう。もっちりと柔らかそうな肌にぴったり貼り付いていたピンク色の下着。子猫のイラストがたくさん描かれていて、可愛《かわい》らしかった。だけど、その猫たちが包み込む「ぱつん」とした二つのふくらみは、「可愛らしい」なんてものじゃなくて——。

「あ、あの、もうだいじょうぶです。すみません」


ゆっくりドアを開けた。

ショートパンツの体操着に身を包んだ女の子が立っていた。

背格好からして、同じ高等部の一年生だろう。

色が白くて、背が小さい。

かなりの猫背でうつむき加減、しかも前髪が長いせいで、目が隠れてしまっている。

つやつやした黒髪の隙間から、臆病な瞳が俺を見つめていた。

「高等部一年一組の、鈴木和真」

「……二組の、湊甘音です……」

名前の通り、「甘い音色《ねいろ》」のような可愛い声だった。

だけど、少し掠《かす》れている。

さっきの「すすり泣き」の主は、やっぱりこの子のようだ。

「こんなところで、どうして着替えを？」

「そ、その、う、歌とダンスの、練習をしようと。読川先輩に、ここなら使っていいって言われたので」

申し訳なさそうに湊さんは言った。

「わ、わたし……いちおう、声優やってまして……だ、大それたことですけど……」

「ああ、そっちの人か」

元・幼なじみの例を見ればわかるように、この学園には芸能人も何人か通っている。彼女もそのうちの一人らしい。つまり、このS級学園から期待されている特待生、「上級軍団」のひとりというわけだ。

本棚でぎっしりの地下書庫に、大きな姿見が置いてある。ダンス練習のためわざわざ持ち込んだのだろうか。熱心にもほどがある。

「確かに一人で練習するにはもってこいの場所だな。でも授業は？」

湊さんはぐっと唇をかみしめた。

「今朝、登校したら廊下にわたしの机と椅子が出されてて……」

「『おめえの席、ねーからｗ』って、貼り紙が……」

「……」

どこかで聞いた話である。

だから泣いていたのか。

「どうして？　声優なのに、特待生じゃないのか？」

「ち、違いますよぅ。わたし、全然売れてないから。顔も声もこんなですし」

「顔はよく見えないけど、声は可愛いんじゃないか」

湊さんはちっちゃな手を激しく左右に振った。

「と、とと、とんでもないですっ。声優やアイドルの世界には、もっといい声の方がたくさんいらっしゃいますし。高屋敷瑠亜さんとかと比べたら全然……っ」

「ふうん」

芸能界のことはよくわからないけど、そういうものなのか。

「そんなわたしが、瑠亜さんとユニットを組んでＣＤデビューすることになってしまって……だから、だと思います」

「それが気に入らないやつがいるってこと？」

「昨日、わたしのＳＮＳに凸《とつ》がたくさん来ました」

「凸？」

「瑠亜さんのファンの方から。『お前なんかと組んだら姫様の格が下がる』みたいな」

タチの悪いファンがいるもんだ。

ブタのファンはブタのブタ、ブタブタってことか。

「そもそも、なんだってアレと組むことになったんだ？」

「あ、アレって？」

「高屋敷瑠亜のこと」

彼女は、前髪の隙間から覗《のぞ》く大きな目をぱちくりさせた。

「あ、あの……この学校で、あまり瑠亜さんの悪口は言わないほうが……」

「誰もいないよ、ここには」

誰かが聞いてたところで、関係ないけどな。

「事務所の方針です。声優とアイドルで部門は違いますけど、最近その垣根は薄いから……。

瑠亜さんの引き立て役には打ってつけだと思われたんじゃないでしょうか」

「引き立て役ね……」

「学校が同じですから、学校の宣伝にもなるって判断かも」

「帝開が関係あるの？」

「わたしたちの事務所はテイカイミュージックっていって、経営母体が同じなんです」

なるほど。すべてがつながった。

「わたし、引き立て役でもいいんです。せっかくもらえたチャンスですから。せめて足は引っ張らないようにしたいんです」

「だから、ここで練習か」

こくん、と彼女は頷《うなず》いた。

机と椅子を廊下にほっぽり出したのは、言うまでもない。瑠亜《ブタ》の仕業《しわざ》だろう。上級軍団の手下にやらせたのか、自分でやったのか知らないが、格下とコンビを組まされたことに腹を立て、こんなイジメをしたってわけだ。アレのやりそうなことである。

そんな目に遭わされても、彼女は恨み言ひとつ言わず、前を向こうとしている。

……かっこいいじゃないか。

「俺が、練習付き合うよ」

「えっ？」

「素人《しろうと》目線で感想を言うことくらいしかできないけど、それで良ければ」

彼女は、ぱぁっと顔を輝かせた。

「は、はいっ！　お願いしますっ鈴木くん‼」

俺の手を握って、ぴょんぴょん飛び跳ねる。

その拍子に前髪もぴょんぴょん跳ねて、大きなぱっちりとした目がチラチラと見える。

……あれ？


なんかこの子。

ブタなんかより、よっぽど可愛くないか？

◆

昼休み――。

様子を見に教室へ行くと、机と椅子が元通りになっていた。先生が戻したんだろうか。

「ちょっとカズ、どこ行ってたのよォッ!!」

ブヒーッ！　とブタが鳴く音がして、ヒヅメの音高らかにアレが近寄ってきた。

「授業サボって、何サマのつもり？　ハゲのやつ超怒ってたわよ？」

しーん。無視。

「ちょっと何無視してんのよ。メッセもブロックするしさぁ。このるあ姫様のこと無視していいヤツなんて、この世にいねーんですけどォ？　それとも美しすぎるアタシの顔をまともに見たら目ぇつぶれるとか思っちゃってる？　照れちゃってンの？　あん？」

そうだな。今も鼓膜が破れ、いや腐りそうだよ。無視無視。

「……カズさぁ、昨日のアレまだ根に持ってるワケ？　あんなのただの遊びじゃん？　イジリじゃん？　なーにマジになっちゃってんの？　ガキじゃあるまいしさぁ？」

あれは「いじめ」じゃない、「イジリ」だ。

あれは「差別」じゃない、「区別」だ。

こういう免罪符《いいわけ》を口にするのは、必ず「加害者」の側なんだよな。

はい、無視続行。

「おい、陰キャ野郎」

のっしのっしと近寄ってきたのは、野球部一年生エース・浅野勇弥《あさのゆうや》。

「さっきから何シカトかましてんだよ？　瑠亜ちゃんに失礼だろ？」

ニヤニヤ軽薄な笑みをそのイケメン面《づら》に貼り付けて、俺の肩を小突く。

「おら、なんとか言ってみろよ。怖くて声も出ねぇのか？」

いや、呆《あき》れて声も出ないんだよ。

爽やかな高校球児様が、学園期待の特待生エース様が、こんなくだらないいじめ、いや、イジリだっけ？　まぁどっちでもいいけど――そんなことをやるくらいヒマだなんてな。

昼休みもトレーニングしないのか？

カラオケなんか行ってる時間あるのか？

そんなことしてて、甲子園《こうしえん》行けるのか？

プロになれたとして、大成できるのか？

そんな俺の侮蔑《ぶべつ》が伝わったのか、浅野はそのイケメンを醜《みにく》く歪《ゆが》めた。

「おい、何余裕ぶっこいてんだ、この雑魚《ざこ》――」

「やめなさいよッ‼」

そう割って入ってきたのは、ブタであった。

ムキになって、金切り声で叫んだ。

「カズのことイジっていいのは、アタシだけなのよ！」

おもしろおかしく成り行きを見守っていた教室の空気が、一瞬にして凍りついた。

「いい？　カズはアタシの幼なじみなんだから。こいつをガチでイジっていいのはアタシだけなの！　アンタらがイジるのは、アタシの命令があった時だけ！　それ以外で勝手に手出ししないで‼　邪魔しないで！　わかった⁉　わきまえなさいッ‼」

クラスメイトたちはみな、ぽかんとして、人気アイドル様のご尊顔を見つめている。

叱られた浅野は、呆然《ぼうぜん》と立ち尽くすばかり。

叫び疲れたブタは、肩で息をしている。

そんなブタに、俺はゆっくりと歩み寄った。

「なあ、瑠亜」

「……な、なにっ？　カズ？」

何故《なぜ》か嬉《うれ》しそうな顔をしたブタに、俺は言葉のハンマーを振り下ろした。

「お前、それ、カッコイイと思って言ってるのか？」

「────」

ブタの顔が「え？」と固まった。

「少年漫画なんかでよくある『あいつを倒すのはこの俺だ。誰にも邪魔はさせん』みたいなライバルキャラでも演じてるつもりか？　いつから野菜の王子様になったんだお前」

「……な、なによぅ……なんだっていうのよぅっ……」

涙目で後ずさるブタに、はっきりと言い渡す。

「いいかよく聞け。俺をイジっていい、いじめていいやつなんか、誰もいない。お前だろうと、誰だろうと」

「……!!」

「もう俺に構うな。いいな」

俺は鞄《かばん》を机に置いて、弁当を取り出して歩き出した。
湊さんが、地下書庫で待っているのだ。
教室を出る間際《まぎわ》――。

「か、かっこいぃ……ッ」

ん？
今、ブタの鳴き声が聞こえたような気がしたけど……。
ま、気のせいだな。

◆

【ほぼ毎日投稿】るあ姫様が斬る！　～わきまえなさいッ～❤
チャンネル登録者数109・1万人
『はろはろ～ん、ヨウチューブ！』
『アイドルヨウチューバー〝るあ姫〟こと、瑠亜ですっ！』

『ん。今日はねー、ムカついたことと、良かったこと、ひとつずつしゃべろっかなー』

『ムカついたことは、大切な幼——じゃなくて、友達が、アタシの目の前でイジメられてたこと』

『なんかさぁ、「これはイジメじゃない、イジリだ！」とか開き直ってて』

『ほら、アタシって正義感強いほうじゃん？　そういうの許せなくてー』

『「今度やったら承知しねーぞッ♪　ぷんぷんっ♥」って、圧力かけといたw』

『良かったことはねえ、大好きなカ——じゃなくて、友達の、カッコイイところ見れたことかなっ』

『チョーシのってるクラスメイトに、ビシッとバシッと言ってやっててさあ』

『……マジ、かっこよかった……』

『あ！　言っておくけど！　これ女友達のハナシだからね！　男の子じゃないから！』

『女が女に惚《ほ》れるってヤツよ！』

『アタシ、男子のことコワくてぇ～高校入ってまだいっかいもしゃべれてなくてぇアセアセ』

『最後に、業務れんらくー』

『きのう話した湊甘音ちゃんとのお披露目《ひろめ》ライブが決まりましたっ』
『日にちはちょっと急なんだけど、十日後の日曜、五月二十日！』
『会場はシャインモール1F広場でっす。なんと観覧無料！』
『詳しいことはまたこのチャンネルでお知らせするから、みんな来ってねん♪』
『そーゆーわけで、あなたのアイドル、るあ姫でしたっ♪』
『とーろくとーろく♪　ちゃんねるとーろくー♪』

【コメント欄　１５５２】
砂糖昆布・１分前
いますよね。イジメじゃなくてイジリだって言い張る人。
他人の痛みがわからないのかな。

クラピカミルクティー・１分前
イジメかっこわるい！　姫様さすが！

すいかららーく・２分前
その女友達、素敵な人ですねー

ドラコンバール・2分前
百合《ゆり》の波動を感じるっ！

るあ姫の家来A・3分前
みなととか言う女、マジ無名じゃん。テイカイのごり押し？

吉田・3分前
ミナト氏ね。事務所はもっとるあ姫を大事にすべし。

◆

湊さんの練習に付き合うようになって、一週間——。
放課後は毎日、地下書庫で彼女の歌とダンスを見せてもらった。
正直、歌は上手《うま》いとは言いがたいけど——ダンスはなかなかのものだ。
おっとりしている彼女にしては意外とリズム感があって、なかなか軽快に踊れている。
テレビで見かけるアイドルなんかと遜色《そんしょく》ないように見える。多分これは、家でも相当練習してるんだな。ダンス用のシューズがボロボロになってるし。

難点は、姿勢が猫背でうつむき加減なところか。

こればかりは、本人の性格によるものだろう。

もっと胸を張ればいいのにと思うのだが、それはそれで、彼女が隠している非凡なふくらみが強調されてしまい、別の意味で目立ってしまうかもしれない。

「っ、きゃあ！」

つるっと足を滑らせて、湊さんは尻餅《しりもち》をついた。

ステージの端からくるっと回りながら中央に戻る、一番の難所をミスしたのである。

「何度やっても、上手くいきませんね」

俺の手を借りて立ち上がりながら、湊さんはシュンとした。

「くるっと回るんじゃなくて、普通に戻るだけじゃ駄目なのか？」

「それだとあまりステージ映《ば》えしないから……」

なるほど、そういうものなのか。

「じゃあ、助走を入れずに一気に真ん中までジャンプすればいいんじゃないか。滞空時間が長い方が、回転する余裕ができるし」

「あはは、そんなことできませんよ。真ん中までは五メートルくらいあるんですから」

「ほら、こうやって膝《ひざ》の力だけを使って飛べば」

その場で軽く飛び跳ねて見せた。

すると、湊さんは驚いたように軽くあごをひいた。

「す、鈴木くん、ジャンプ力すごくないですか？」

「いや？　普通だと思うけど」

「トランポリンみたいにぴょーんって跳んでましたよ。体育は得意なほうですか？」

「小学校から今までずっと五段階で『三』」

「……そう、なん、ですか？？？」

湊さんは納得いかない様子で首をひねっている。

まあ、俺なんかのことはともかく。

「同じような練習はもう、繰り返さなくていいんじゃないか」

「だけどこんなんじゃ、まだまだ瑠亜さんには……」

「そのくらい踊れれば十分上手いと思うよ。それよりも姿勢がね」

彼女はシュンとなった。

「やっぱりわたし、猫背ですよね。振り付けの先生にもいつも怒られるんです」

「じゃあいっそ、猫背を活《い》かしてみたらどう？」

「猫背を？？？　活かす？？？」

キョトンとする彼女に、俺は立ち上がって見本を見せた。

「こんな風に手を丸めてさ。にゃーんって」

「にゃ、にゃ〜〜〜ん？」

「そうそう」

前屈《まえかが》みになって、両手で猫の手を作って、鈴が鳴るような声で鳴く湊さん。

……いや、わりとマジで可愛いんだが。

前髪で顔が隠れたままで、この破壊力はただ事じゃない。

「それで、さっきのダンス踊ってみたらどうだ？」

「は、はいっ、やってみます！」

彼女は再び踊り出した。

にゃん♪　にゃん♪　にゃん♪　って。

別に彼女が鳴いてるんじゃなくて、自然とそういう声が俺の耳に聞こえてくるのだ。

そのくらい、彼女の猫ダンスはノリが良くて、可愛らしくて——見る者を和《なご》ませて楽しませる「何か」があった。

前世は猫だったのかな……。

ブタと猫のユニット。けっこう人気出るんじゃないか？

もちろん、ブタさんが引き立て役で。

「にゃんにゃん♪　あまにゃん♪　あまにゃん♪　にゃぁ〜ん♪」

あまにゃんにゃん♪

思わず、俺まで口ずさんでしまった。

「はーっ、はーっ……♪」

踊り終わった後、彼女の表情は晴れ晴れとしていた。

ようやく自分の武器が見つかった、みたいな。

手応《てごた》えがあったようだ。

「衣装さんに頼んで、猫耳としっぽを作ってもらうといいかもな」

「はいっ！」

笑顔を弾《はじ》けさせた湊さんだったけど、すぐにシュンと肩を落とした。

「……でも、だめですね。これは、ユニットでは使えません」

「えっ。どうして？」

「瑠亜さんと調和しないからです。芸能人としての格は、アイドルの彼女が圧倒的に上ですから。無名のわたしは瑠亜さんの引き立て役に徹しないと」

「ああ、なるほど」

内気な彼女が選ばれた理由がよくわかった。

事務所もバカじゃない。ちゃんとそこは計算してるってわけだ。

「それにわたし、歌うのや踊るのは本職じゃないですから。〝声優〟ですから。アニメのキャラクターを演じたいんです！」

「なんか、生き生きしてるね」

「アニメ大好きですから！　鈴木くんには、こんな歌やダンスじゃなくて、演技の練習を見てもらいたいです」

なんて、ちょっぴり積極性を覗かせて。

こんな顔もするんだ、彼女。

心の底から、アニメが好きなんだな。声優って仕事が好きなんだな。

「……うらやましいな」

「えっ？」

「俺には夢とか、目標とか、やりたいこととか、何もないから」

物心ついたころから、あのブタの言いなりで。

わきまえなさい、わきまえなさい、そればかり洗脳するみたいに言われて。

いつしか俺は、自分の頭で考えることをやめていた。

熱くなれるもの、夢中になれるものを探すことをやめていた。

「なりたいものとか、ないんですか？」

「そうだな……。強《し》いて言うなら『普通』になりたい」

特別じゃなくていい。

イケてなくていい。上級でなくていい。S級でなくていい。

せめて「これが自分だ」って胸を張れるような、「普通」が欲しいと思う。

「きっとなれますよ。鈴木くんなら。普通にでも。なんにでも」

湊さんはにっこり微笑《ほほえ》んでくれた。

……本当、良い子じゃないか。

どうしてこんな子が無名で、あんなブタが有名なんだろう。

芸能界って、そういうものなのか？

「ところで鈴木くん、ちょっと気になってることがあるんですけど……」

「ん？」

彼女は、言いにくそうにもじもじした。

体操服をぱっつり盛り上げるたわわなメロンがぽよぽよ揺れて、ちょっと目の毒。

「この前、瑠亜さんと鈴木くんがケンカしたって聞いて。もしかしてわたしのせいですか？」

「いや？　全然関係ないけど」

「瑠亜さんとは幼なじみだって聞きました。もしかして、板挟みにさせちゃってませんか？」

「全然」

そもそも、あのブタはもう幼なじみじゃない。

ただのクラスメイト。いや、クラスブタ？　なんとも思ってない
「アレとはもう、なんの関わりもないから。なんとも思ってない」

「あんな、綺麗な子なのに？」

「綺麗？」

ああ、そういえば豚って意外と綺麗好きだと聞いたことがあるな。

「綺麗かどうか知らないけど、俺的にはどうでもいいな」

彼女は何故かほっと胸を撫《な》で下《お》ろした。

「あ、あのっ。鈴……か、和真くんっ！」

「うん？」

彼女は急に顔を近づけてきた。

前髪からちらっと覗く大きな瞳が、ウルウルしている。いつも見えないだけに、たまに見えると破壊力抜群だな。

「も、もしよかったら、わ、わわ、わたしと、わたしとっ……」

彼女が何か言いかけたその時だった。

――バァン！

地下書庫の扉が蹴破られる。

後光を背負って現れしは、小さな影。

埃《ほこり》の舞うなかで揺れる、長い金髪。

赤い唇の端がぎゅぎゅっと吊《つ》り上《あ》がる。

腕組みをして仁王立ちするのは——一匹のブタであった。


「寝取りの現場、ハッケソ！」


インターネット老人会入り間違いなしのネットスラングとともに現れたブタさんは、ブヒーッと鼻息も荒く近寄ってきた。

「ちょっと、そこの。前髪ウザスダレ」

「はっ、はははは、はいっ！」

ひどいあだ名で呼ばれて、湊さんは縮み上がった。

「なんでアンタがカズと二人でこんなとこいるのよ。ねえ。答えなさいよ。ナニしてたのよこんな狭いところでやらしー！　やーらーしー！　せーんせーにゆってやろー‼」

「……」

小学生かこいつ。

「そういうお前は、なんでここに？」

「アンタと、そこの泥棒猫が、ここに入ってくの見たヤツがいるのよ！」

それでわざわざ放課後やってくるとは。

いつも「撮影やらリハやら取材やら、あー忙しい忙しい♪」とか言ってたくせに、案外ヒマなのか？

「あーも――――！！！　ヤダヤダヤダ！！！　ぜったいヤダ！！！！」

ブヒンブヒンと地団駄を踏みながら、ブタが暴れ回る。

「なんでカズが、アタシの幼なじみが、こんな女と一緒にいるのよう！　なんでアタシの隣じゃなくてそんなクソ声優の隣にいるのよ全ッ然人気ないのよそいつ‼」

「う、ううう……」

「オラなんとか言ってみなさいよウンコ！　うんこうんこー‼」

「……」

小学生かこいつ。パート2。

「ううう～～～ヤダァァ……こんなのヤダァァァ……」

今度はブタさん、泣きべそをかきはじめた。怒ったり泣いたり忙しいな。

「あ、あのっ！」

勇気を振り絞るかのように、湊さんが言った。

「和真くんは、悪くないんです。彼はわたしに付き合ってくれてただけで、」

「か　ず　ま　く　ん　！　？　」

超ドスのきいた声だった。ドラマでヤクザの組長役とかやれそう。

「ちょっと、今、不適切な単語が聞こえたんですケド。言い直してもらえる？」

「……す、鈴木くん……」

「それでいいわ。わきまえなさいッ」

ツン、とすまして金髪をかきあげる。決め台詞《ぜりふ》も飛び出した。

「そんで？　いったいどういうつもりなのよカズ！」

「どうと言われても」

「こんな前髪びろーんな女と、どうして？　どうしてよ？　こんなの暗くてブッサイクでどうしようもない女じゃない！　ほら、見なさいよ――」

ブタはおもむろに手を伸ばし、湊さんの前髪を持ち上げた。

「……!?」

前髪の下からコンニチハしたつぶらな目を見て、ブタの表情が凍りつく。

あわてて、髪を元に戻した。

「そっ、その前髪の下、まさか、カズにも見せたんじゃないでしょうね？」

「いえ、和……鈴木くんにはまだ」

ほっ、とブタは胸をなでおろす。「よかった。地球の平和は守られたわ！」。どんな侵略者だよ。

「じゃあ今のうちに、髪をガムテープでぐるぐる巻きにしとかないと」

「そっ、それだけはやめてくださぃぃ！」

頭を抱えて、湊さんが後ずさる。


「おい。いい加減にしろ」

さすがに見かねて、言ってやった。

「お前、この子とユニット組むんだろ？」

「そっ、そうよ！　引き立て役にすぎないけどねそんなヤツ!!」

「その引き立て役を精一杯こなすために、頑張ってるんじゃないか。ここで毎日猛練習してるんだよ」

「だ、だからなに？　そんなの当たり前でしょ、このアタシと組むんだから！」

「なら邪魔をするな。人気アイドルだからって、やっていいことと悪いことがあるぞ」

ブタは涙目になった。

「な、なんでカズはコイツの味方するの？　どうしてアタシの味方してくれないの、幼なじみなのに！」

「俺はがんばってるやつの味方だ」

「あ、アタシだってがんばってるもん！　笑顔の練習、自撮りの練習、口パクの練習、ファンの出待ちをかわして素早くタクシーに乗り込む練習、毎日欠かしたことはないわ！　だからほめて！　ほめてよホラ！」

そんな、「ホームラン打って観客の声に応えながらダイヤモンド一周する練習！」みたいなこと言われても。

まぁいい。ブタに努力の価値を説《と》こうとは思わない。

「いいか。はっきり言っておく。お前とはもう、絶縁したんだ」

「ぜ、絶縁？」

「あんなことをしたんだから、当たり前だろう。あれはもう『私は嫌われても憎まれても文句ありません』って行為だぞ」

「アタシはそんなつもりじゃっ……ただ、ちょっと面白いカナ～と思って」

「面白い？」

冷たい目で、にらんでやった。

「お前は今まで『面白いから』って理由だけで、どれだけの人を傷つけたんだ？」

「……っ」

「今も湊さんをいじめてるけど、それも『面白いから』なのか？　もうガキじゃない、高校生だろ？　しかもプロの芸能人で、社会に出て働いてるんだろ？　どうしてそんな簡単なことがわからない？　いい加減──『わきまえろよ』」

最後は、決め台詞を奪ってやった。

ブタはぼーっとして、俺を見つめている。

……ん？

なんか、心ここにあらずって感じだ。

そんなにショックだったのか？

それにしては、頬も赤い。

目も心なしか潤《うる》んでいる。

俺の言葉を聞いているのやら、いないのやら。

「ともかく、もうここには来るなよ」

「…………」

「行こう、湊さん」

「は、はい……」

練習も終わったし、俺たちは去ることにした。

ブタは立ち尽くしたまま、ドアに背中を向けている。

「……もん……」

外に出てドアを閉める時、ブタが鳴いた。

「アタシの方が、その女より絶対カワイイもん‼　カズのばか！　ばか！　うんこたれ！」

——その、人を見下す態度が、すでに可愛くないんだよ。

そんな忠告すら、もう、惜しい。

◆

学校を出て、湊さんと二人で歩いた。

俺は徒歩通学で、彼女は電車。所属事務所の寮から学校に通っているらしい。田舎から東京に一人出てきて、苦労しているようだ。

駅までの道のり、彼女はつぶやいた。

「わたしのせいで、瑠亜さん怒らせちゃいましたね」

「いいよ。怒らせておけば」

「だけど、和……あ、ええと、鈴木くんに迷惑が」

「和真、でいいよ」

彼女は嬉しそうに顔をほころばせた。

「じゃあ、和真くんって呼びますね！　わたしのことも、甘音って呼んでください」

「甘音より『あまにゃん』のほうが良いな」

「えへへ。さっきの猫ちゃんダンスですか？　やめてくださいよぅ」

前髪に隠れた顔を真《ま》っ赤《か》に染めて、はにかむ甘音ちゃん。

これ。

これだよ、ブタさん。

前髪のぶん、ルックスは劣るかもしれないけど、これが「可愛い」ってことなんだ。

「――あ」

「どうしたんですか？」

声をあげた俺の顔を、彼女が覗き込む。

「もしかしたら、例のイベント、上手くいくかも」

「？　わたしと瑠亜さんのイベントのことですか？」

去り際に放った、ブタの言葉がヒントになった。

この方法なら、アレのプライドをくすぐることができるかも……。

名付けて「本当に可愛いのはどっち？」作戦。

◆

翌日の放課後。

学校から二駅離れたファストフード店で、甘音ちゃんと待ち合わせした。

万が一にもクラスメイト、億が一にもあのブタに出くわさないようにするためにだ。

「はい、これ」

某激安量販店の袋から取り出したのは、ネコミミとしっぽである。

「これをどうするんですか？」

甘音ちゃんは可愛らしく小首を傾《かし》げた。

「自分の動画チャンネルは持ってる？」

「は、はい。いちおう」

「じゃあ、そこにダンス動画をアップしよう。昨日練習した『あまにゃん♪』ダンス。ネコミミとしっぽをつけて踊ってみよう。きっと、話題になると思う」

　値札がついたままのネコミミを見つめて、甘音ちゃんは言った。

「わたしのチャンネル、登録者さん少ないから、バズらないと思います……」

「そこは任せてくれ。なんとかしてみせる」

　いちおう、手は考えてある。

「その動画がバズったら、きっとアレもネコミミをつける。いや、つけざるをえなくなると思うんだ」

「あの瑠亜さんが、わたしに合わせてネコミミを？　まさか！」

　確かに、あのブタの性格からしてありえないだろう。「なんでこのアタシ様が、こんなウンコ声優に合わせなきゃいけないのよッ！」とか言いそう。

　だが、むしろそこが付け目なのである。

「……わかりました。和真くんのこと、信じます」

　あやふやなことしか言えない俺に、甘音ちゃんは頷いてくれた。良い子だな。

「その動画をアップする時にさ、前髪をオープンできない？」

「えっ？」

「甘音ちゃん、本当はすごく可愛いのに。もったいないと思って」

あのブタがびびるほどの可憐《かれん》さである。その威力は折り紙つきだ。

甘音ちゃんは申し訳なさそうにうつむいた。

「ごめんなさい……。わたし、人の視線が怖くって。おまけに緊張しぃで。こうして前髪ごしでないと、落ち着いて話すこともできないんです。動画撮影の時もあがっちゃって、いつもグダグダで」

「ああ、あがり症、視線恐怖症ってやつ？」

なるほど、それは困ったな。

「事務所からは『前髪上げて』って言われないのか？」

「特には……。少なくとも、このユニットの解散までは言われないと思います。その方が引き立て役にふさわしいから」

「またそれか。だったらアレがソロデビューすればいいのにな」

「はい。もう決まってるはずです。今回のユニットはあくまでその踏み台というか、ただの話題作りで。ＣＤ一枚で解散ですって」

「ふうん……」

芸能界、汚いな。

いや、あのブタが特別汚いのか？

「事務所の社長が、瑠亜さんのお爺《じい》さまと親しくって。全力プッシュを約束してるって聞きました」

「アレの爺さんか……」

アレの祖父・高屋敷泰造《たいぞう》は、世界規模の資産家である。

帝開グループという巨大企業のドンであり、帝開学園の理事長も務めている。

駅前にそそり立つでっかいタワマンの最上階をまるごと所有して、そこに孫娘を住まわせているというブルジョアっぷりだ。

「でも和真くんは、そんな瑠亜さんと幼なじみなんですよね？　すごくないですか？」

「元《もと》、な」

「瑠亜さんにすごく気に入られてるみたいですし」

「迷惑な話だ」

そう言い切ることに、なんのためらいも感じない。

「瑠亜さんを敵にまわして、大丈夫なんでしょうか……」

またもや心細そうにする甘音ちゃん。

この自信のなさは、元々の性格によるものではあるのだろうけれど――周りの環境のせいも、多分にあると思う。

昨日の地下書庫でのやり取りに、それははっきりと表れている。

『そっ、その前髪の下、まさか、カズにも見せたんじゃないでしょうね？』

『じゃあ今のうちに、髪をガムテープでぐるぐる巻きにしとかないと』

そうやって、出る杭《くい》を打つのが、「上級《やつら》」のやり方だ。

あいつらはいつだってそうだ。

下級《俺たち》が、決して上がってこれないように、自分たちの地位を脅かさないように、見張っている。

学園でも。芸能界でも。どこでも。

この世界は、そういうところなのだ。

◆

甘音ちゃんと別れ帰宅して、いろいろ用事を済ませてから、ブタのヨウチューブを見に行った。絶縁した時にチャンネル登録も解除してたから、いちいち検索しなきゃいけなかった。面倒だな。

「計画」の情報収集のためにわざわざ見てやったわけだが——。
最新動画を再生した直後、俺は後悔した。

【ほぼ毎日投稿】るあ姫様が斬る！　～わきまえなさいッ～✔
チャンネル登録者数110万人

『鈴○和真！』
『鈴木○真！』
『鈴木和○！』
『○木和真！』
『鈴木和真○』

『ばか————!!』
『あほ————!!』
『うんこたれ————!!』
『このアタシの魅力にいいいいいいいいいいいいいいいいいいいいいいい』

『な―――ぜ―――――気づかない――――――!!』

『……と、いうわけで。はろはろ～ん、ヨウチューブ!』

『〝るあ姫〟こと、瑠亜だよーん!』

『えーと、冒頭のアレはね、ただの心の叫びだから。気にしないでねん♪』

『ただ、ちょーっと昨日ムカつくことがあって。それを表現してみただけだから』

『感情表現の演技練習ね! そこんとこヨっロシクぅ♪』

【コメント欄　2142】

るあ様の靴下・1分前

ちょwww　冒頭意味不明www

砂糖昆布・1分前

スズキカズマって誰や…

ドンブラ湖・1分前

よくわかんないけどウンコたれなんだな
牛饅頭《うしまんじゅう》・1分前
くさそう

シンドイーのリスト・1分前
誰か知らないけどとりあえず氏ね

まぁ――。
今さら驚かないけど。
こいつがブタ野郎なのは知ってるから、驚かないけれど。
ここに来て、さらに俺の闘志をかき立ててくれるとは思わなかった。
「いいぜ、ブタ野郎」
ならば。

遠慮なく、叩《たた》き潰してあげよう。

◆

【声優・甘音ちゃんねる】オリジナル猫ダンス踊ってみた
チャンネル登録者数41人

『ど、どうもみなさん、こんにちは』
『声優の湊甘音です』
『今日は、あのー、そのー……お、踊ってみたの動画を出します！』
『自己流の振り付けなんですけど、最後まで見ていっていただけるとうれしいです』
『そ、それでは……すたーとっ』

…………。

『い、いかがでしたでしょうか？』
『このダンスで、みなさんがほんのひととき、笑顔になれますようにっ』

『声優の、湊甘音でした』

『……あ！　ちゃ、チャンネル登録、よ、よろしくっおねがいしまっ、あーばってり切れち』

【コメント欄　5】

瑠亜姫のげぼく・8時間前
あなたが瑠亜姫と組むのはふさわしくないと思います。

るあちゃん好き好きマン・8時間前
姫に迷惑かけるな！　無名！

瑠亜姫親衛隊・8時間前
ブッサw

るあ様の靴下・8時間前
ユニット辞退しろ

段々畑・1分前
初見だけど声かわいい。前髪が惜しい

◆

甘音ちゃんの「あにゃにゃん」動画がアップロードされて、一日。

再生数はたった五十回程度に留まった。

あのブタの動画なんて、アップロードされるや否や、すぐに数万再生されるっていうのに。

でもまぁ、それはしかたがない。知名度ってやつがあるのだ。

だけど、あの猫ダンスの可愛さは「本物」だと俺は思う。

見てもらえさえすれば、必ず広がる。

てなわけで——拡散。

◆

今さら言うまでもないが、俺こと鈴木和真は「陰キャ」である。

友達が少ない。

だが、ネット内ではその限りではない。

中学の時からやってるスマホゲーでは、そこそこ大規模な有名クランに所属していて、そこでは結構交流していたりする。リアルでは陰な分、ネットでは陽……とまではいかないが、まぁ、それなりの人脈はあるのだ。

クラン内部のチャットで、この動画URLを貼り付けたところ、なかなかの反響があった。

19:40　エロゲ大好き侍：これ誰？　かわいー！
19:52　ケントバリカット：カズマ殿の推しでござるか？
19:55　美しい鈴木：さっすが副リーダー、いい趣味してるなー
20:08　ミッシェル：カズマにはいつも助けてもらってるし、拡散協力するわ

他のSNSにも投稿して、相互フォロワーさんに拡散をお願いした。

もちろん、元の動画に魅力がなければそこで終わり。仲間うちで消費しただけで終了となるが——そこは「声優」湊甘音。やはり本物だった。

07:40　たくや：マジで可愛い！　あまにゃん可愛い！

08:05　シンタロー：あにゃにゃん伝染《うつ》っちゃったw
08:05　バイトリーダー：速攻でチャンネル登録したわ
09:55　ダクト洗浄：学校の休み時間見てたら、クラスでバズったw
09:59　社畜王ヤリちん：彼女にも勧めといた

そんな感じで三日も経《た》てば、いつのまにやら五十万回再生。

同じチャンネルの他の動画はせいぜい二桁の再生数だったから、これは破格である。

バズったと言っていいだろう。

◆

数日後。

俺と甘音ちゃんは一年生棟廊下のはしっこで、即席会議を開いた。

「あ、あの、なんだか信じられません」

声をうわずらせて、甘音ちゃんは言った。

「わたしなんかの動画が、あんなに再生されるなんて。今までの最高が七十とかそのくらいだったのに、いきなり五十万再生なんて」

「別に不思議じゃないと思うよ」

彼女の真の可愛さからいえば、五十万でも少ないくらいだ。

あのブタの百倍はいかないと。

「最近、学校でも声かけられるんですよ。イベント見に行くからね、みたいに言ってくれる人もいて」

「そりゃすごい」

甘音ちゃんの可愛さが、学園でも広がりつつあるようだ。

「ともかく、計画通りだ。この調子ならきっと近いうちに引っかかると思う」

「引っかかる？」

「ブタの一本釣りさ」

「？？？」

と、その時——近づいてくる人影があった。

「おい。鈴木和真っていうのは、お前か？」

横にも縦にもでかい体格にふさわしい、野太い声だった。

「そうだけど」

「おれ、五組の南田陽介《みなみだようすけ》。サッカー部だ」

日焼けした顔に、全身から滲《にじ》み出《で》る「陽」のオーラ。どう見ても「上級軍団」の一員だ。甘音ちゃんがさっと俺の後ろに隠れてしまった。

彼女をかばって、前に進み出た。

「何か用事?」

「いや、ひとことお礼が言いたくてさ」

「お礼?」

南田は白い歯を見せてニッと笑った。

「お前、こないだ浅野のバカをやり込めてくれたそうじゃないか」

「浅野って、野球部の?」

「そうそう。アイツ最近チョーシのってたからさ。胸がスッとしたぜ」

ああ、なるほど。

野球部とサッカー部は、犬猿の仲だって言われている。

大会の実績が拮抗《きっこう》しているライバル同士。

どちらが学園の「覇権部」か、創立以来ずっと争い続けていると聞く。

「別に俺は何もしてないけど」

「謙遜《けんそん》すんなよ。お前のおかげで、あいつ瑠亜ちゃんから嫌われたらしくてさ。もーすげー落ち込んでんの。笑えるぜ」

へえ、そうだったのか。

同じ教室だけど、完全スルーしてるから、気づかなかった。

上級軍団も一枚岩じゃない。

いくつもの派閥《はばつ》に分かれてるってことだな。

「理事長の孫の瑠亜ちゃんに嫌われたら、この学園じゃ生きていけないからな。あいつもやりづらくなるだろうぜ」

一番アレに嫌われている俺を前にして、よく言う。

しかし――。

これは、利用できそうだ。

「南田。ひとつ、提案があるんだが」

「おお。なんだ？」

「今度、高屋敷瑠亜のイベントがあるのは知ってるか？」

「あぁ、なんか聞いたな。もう一人、この学校の声優と組んで出るんだろ。ミナミだっけ」

ミナト、な。

本人が目の前にいるのに、気づかない。

こいつはまだあの動画を見ていないらしい。

「サッカー部引き連れて応援に行ったら、瑠亜もきっと喜ぶんじゃないか」

「おお、そりゃ名案だ！」

「浅野は顔出しづらいだろうし、一気に近づくチャンスだろうな」

「だな！　クラス違うから話せなかったけど、瑠亜ちゃんと接近できるかも。ぐふふ」

この男、内心をつい口に出してしまうタイプのようだ。

「鈴木！　お前、意外とやるやつだな！」

「そりゃどうも」

俺の肩をぽんと叩いてから、南田は去って行った。

甘音ちゃんはようやく俺の背中から出てきた。

「ど、どうしてあの人を誘ったんですか？」

「あいつ、スポーツ特待生みたいだからさ。きっと影響力あると思うんだ」

甘音ちゃんの魅力を広めるためなら、手段なんか選んでられない。

「わたしのために、そこまで……」

唇を嚙《か》んで、甘音ちゃんは俺を見上げた。

「まだまだ。これだけじゃ不十分だよ」

さて。

後は、アレが上手く釣れるかどうかなんだけど——。

◆

放課後。

地下書庫でいつものように練習していると、またもや「バァン！」と扉が蹴破られた。

「今日も来てあげたわよ、カズッ！」

もう来るなと言ったのに、「来てあげたわ」というのがブタさんクオリティ。

その金色の頭には——しっかり・ちゃっかりとネコミミが装着されていた。

はい、釣れた。

「え？　えっ？　ど、どうして？」

驚いてまごついている甘音ちゃんを、ブタはビシッと指さした。

「例の動画、見てやったわ‼」

いつもと変わらぬ傲岸不遜《ごうがんふそん》な態度——だが、かすかに唇の端がひくついている。これは、悔《くや》しさをこらえる時の表情であると、元・幼なじみの俺にはわかる。

「なんかネコミミつけて良い気になってたけどねェ、このアタシがつけたら条件は同じ‼　同じ条件なら、超絶エリート美少女のこのアタシ様が、アンタみたいな前髪ウザスダレに負けるはずないでしょ？」

某野菜王子が「超」に目覚めた時と同じ台詞を吐いた。

こいつの思考回路、あのM字ハゲとそっくりだからな。そうくると思ってたよ。

「ふふふ。どう、惚れ直した？　カズ？」

「直してない」

そもそも最初から惚れてない。

ともあれ――――。

これで、ブタがエサにかかった。

後は、本番で料理するだけだ。

◆

ついに、イベントの日がやって来た。

会場となるシャインモールは、大型ショッピングモールである。

日曜の今日は多くの買い物客でごった返している。

家族連れがメインだが、カップルの姿も見える。みんな、楽しそうだ。友達がいる。恋人がいる。そんな幸せオーラで、広い建物の中がいっぱいになってるように感じられた。

そんな「陽キャ天国」みたいな場所で、陰キャの俺は、これから「悪事」を働く。

今をときめく大人気アイドル様に、反逆しようというのだ。

◆

出番を待つ甘音ちゃんの「楽屋」としてあてがわれたのは、ステージとなる催事場の脇──の、トイレ。その傍《そば》にある小汚い用具室だった。

あのブタは別室である。

ちゃんとした立派な部屋が用意されている。

『あんな格下と、アタシ、同じ空気吸いたくないナ～』

『ねぇジャーマネ、なんとかしてして？』

ということで、甘音ちゃんは追い出されたのだった。

「なんだかここ、落ち着きますね」

衣装に着替え、パイプ椅子に腰掛けて、甘音ちゃんは言った。別に強がってるわけじゃない。本当にここが落ち着くのだろう。陰キャは端っこ・隅っこにいると地形効果＋30％

くらい受けられるからな。あのブタには想像もつかないだろうが。

「練習通りやれば大丈夫だよ。甘音ちゃん、めちゃめちゃ練習したんだから」

放課後だけではなく、朝練・昼練もこなしていたのだ。

その甲斐《かい》あって、「あまにゃん♪」ダンスはもう神の域、神々《こうごう》しいまでの可愛さを発揮するに至っている。動画よりも数段レベルアップしている。

きっと、観客の度肝を抜くことができるだろう。

甘音ちゃんは俺をまじまじ見つめた。

「和真くん。どうしてわたしなんかにここまでしてくれるんですか？」

「……」

「ねえ、どうして？　瑠亜さんと絶縁しちゃったから？」

しばらく考えてから、俺は言った。

「入学して二カ月経ってみて思うんだけどさ。俺たちの学校、ちょっと息苦しすぎると思わないか？」

「特待生優遇のことですか？」

「そう。どこの学校でもある話だとは思うけど、帝開はちょっと露骨すぎる。ここまでカーストがきつい、差別主義の学校って、なかなかないと思う」

甘音ちゃんは控えめに頷いた。

「特待生じゃない、一般生徒の甘音ちゃんが活躍してくれたら、そんな学校に風穴を開けられるんじゃないかって。そう思ってる」

用意してきたバッグから、新しいネコミミを取り出した。

「これ、自作してきた」

「じ、自作？　和真くんがですか？」

「ネットの友達に手伝ってもらって、どんなのなら可愛いかリサーチしてさ。甘音ちゃんに似合うと思う」

彼女は笑った。

「ありがとうございます。きっと、上手くやってみせます」

頭にかぶろうとするのを、俺は止めた。

「違うよ。これは、こうつけるんだ」

「えっ？　――きゃあっ」

カチューシャ式になっているネコミミで、彼女の前髪をアップにする。

ぱっちりとした大きな目、深い色をした瞳が露《あら》わになる。

子猫みたいにまんまるで、見ているだけでキュンとなるような――。

「やっぱり、こっちの方が可愛いよ」

素直な感想を述べた。

「か、か、か、かずま、くんっ、な、なにを……」

真っ赤になって口をぱくぱくさせる彼女に告げた。

「俺も、髪型を変えてみたことがあるんだ。クラスのみんなでカラオケするっていうから、母さんにお金もらって、勇気出して美容院に行ってきた。美容師さんにおどおどしながら、髪切ってもらって。さっぱりして。生まれ変わったみたいな気分になった」

「……」

「ラノベとかだと、それでイケメンになって、一気に周りの見る目が変わって——なんて奇跡があるみたいだけど、俺にはそんな奇跡、やってこなかった。指さして笑われただけだった。やっぱり俺は『下級』なんだって、思い知らされただけだった」

でも。

だけど。

「湊甘音は、違うだろ？」

「……！」

「君は輝ける。絶対輝ける。あんなに頑張ってて、こんなに可愛くて——何より、アニメの声優になるっていうでっかい夢があるんだから」

俺には、大きな夢がない。

せいぜい「普通になりたい」なんて、ささやかな願いがあるだけ。

他には、なんにもない。

ただの「下級」だ。

だけどさ。

そんな下級でも――。

夢を持ってるやつの背中を押すことくらいは、できるんだ。


廊下に足音が響いて、イベントスタッフがやってきた。

出番でーす、そう声をかけて去って行く。

甘音ちゃんの肩が、大きく震えた。

「さあ、行ってこい！」

彼女の背中を思い切り押し出した。

「あのブタ目当ての観客を、ぜーんぶ君のファンにしてこい。奪ってこい！」

甘音ちゃんは泣きそうな目で俺を見つめた。

それから。

——コクン。

力強く頷いた。

「行ってきます!!」

前髪をあげたまま、甘音ちゃんは歩き出した。

その足取りは頼りなくて、覚束《おぼつか》ない。

まだ肩が震えている。怯《おび》えているのだ。

しかし——その歩みを止めはしない。

光り輝くステージへの道を、前を向いて歩いて行った。

◆

千人以上の観客がスタンディングで見守るステージに、ブタがのっしのっしと現れた。

「みなさーん、こんにちは——!! るあ姫で————っす!!」

ブヒヒーン! といななく声に、ファンから野太い声援が飛ぶ。

煌《きら》びやかな衣装に身を包み、頭にはしっかりとネコミミをつけている。「かわいー!」「新鮮!」という黄色い声があちこちから起きる。

立錐《りっすい》の余地もない観覧スペースの端っこで、俺は会場の様子を観察した。

ハッピやらハチマキやらをつけた「るあ姫親衛隊」に交じって、うちの学校の生徒がちらほら見える。サッカー部の南田に提案した甲斐があった。

「今日は新ユニット『るあ姫とゆかいな下僕』のお披露目イベントに来てくれてありがとー! 一曲だけだけど、頑張ってやるからみんな聴いてねんっ。あ、ついでにもう一人紹介しとくねー。今日一緒に歌ってくれる、同じ帝開学園一年の湊甘音ちゃんでーす!」

甘音ちゃんがステージに出てくると――ブタの表情が驚きに固まった。

観客から「おおっ!」という歓声が起きる。

「ど、どうも、はは、はじめましてっ。湊甘音ですっ」

内股気味に、やや猫背ながら、ちゃんと挨拶をした。

前髪をアップにした甘音ちゃん。

その、可愛い子猫みたいな目に、観客たちの視線が釘付《くぎづ》けになる。

俺の近くにいた親衛隊のひとりが、呆然とつぶやくのが聞こえた。

「……か、可愛いじゃん……」


そうだろう？

あんなブタなんかより、よっぽど可愛いと思うぞ。

彗星《すいせい》のように現れた超・美少女に、会場が一気に沸き返る。

ぼうっとしていたブタがハッと我に返り、ステージ袖《そで》をにらみつけるのが見えた。口パクで、何か言っている。「どーゆーことよっ⁉」みたいな。おそらく、そこにいる関係者に文句をつけてるのだろう。

馬鹿が。

自業自得だ。

お前が、彼女と楽屋を分けたからだろうが。

『あんな格下と、アタシ、同じ空気吸いたくないナ〜』

『ねぇジャーマネ、なんとかしてして？』

だから、彼女が前髪をオープンするのを阻止できなかったんだ。

お前にはたくさんの大人、偉い大人が味方をしていたけど、彼女には俺だけだった。

ステージに出て行く時もそうだ。

みんなに見送られて、期待されて出て行くお前。

誰からも期待されず、ひとりぼっちで出て行く彼女。

それが、明暗を分けたんだよ。

「え、え～～～っと……」

観客の視線が甘音ちゃんに集中する中、ブタは苦し紛れに叫んだ。

「じゃ、じゃあ、さっそく歌っちゃおうかなー！　ちゃんと聴いてね！　『とにかくかわいいドリーマー』！」

曲のイントロが流れ出す。

ステージ中央に二人が並び立ち、ダンスが始まる。

歌とダンスに持ち込めば、きっと勝てる。

そう思ったんだろうな。

自信家のお前らしい判断だよ。ブタ野郎。

だけど――甘い。

お前はもう負けてるんだ。

そのネコミミをつけて地下書庫に来た時に、もう勝負はついていた。

「なんか、あの子の方がイケてね？」

観客の誰かが、そうつぶやいた。

「やっべ。マジかわいい……。誰、あの子」

「ネコミミ、めっちゃ似合ってる」

「声もダンスも瑠亜ちゃんよりイイじゃん」

「アマネって言ってたよな。声優なの？　何に出てる？」

そんな声があちこちで聞こえる。

会場じゅうにその空気が広がっていく。

ブタは敏感にそれを察して、歌声を大きく、振り付けを大げさなものに変えた。

だが、それが逆に滑稽《こっけい》に見えて、無様に見えて――ますます、甘音ちゃんを引き立てる結果になってしまう。

勝てるわけないだろ。

お前がブヒンブヒン騒いでるあいだ、甘音ちゃんは必死に練習してたんだ。

勝てるわけがない。

敗因は「嫉妬《しっと》」だ。

お前は嫉妬した。

ネコミミをつけて踊ってみて、ちょっとバズった「下級」に嫉妬した。「アタシの方が可愛いのに！　見てなさい！」なんてイキがって、同じ土俵に上がってしまったんだ。

彼女の得意なフィールドに、上げられてしまったんだよ。

お前がもし、どっしり構えて、自分のスタイルさえ崩さなければ、勝負はわからなかった。いや、多分お前が勝っていた。いくら甘音ちゃんがバズったとはいえ、チャンネル登録者数でいえば１１０万 VS. 41。観客のほとんどはお前に注目しただろう。

なあ、高屋敷瑠亜。

このやり方は、お前が教えてくれたんだ。

今のお前はな、あの時の俺と同じなんだよ。

お前に誘い出されて、のこのこ上級軍団のパーティーにやって来た俺と同じだ。

自分のフィールドじゃないところに誘い出されてしまった俺と同じだ。

さて――。

俺は盛り上がる観客にもう一度視線を走らせた。

甘音ちゃんのダンスに酔いしれる者がほとんどの中、ひとり、場違いな黒服の大男が交じっている。

あの顔は見たことがある。

高屋敷家のボディーガードだ。

黒服はさりげなく観客をかきわけて、ステージへと近づいていく。

その鋭い目は、甘音ちゃんだけを冷たくロックオンしている。

何かやる気だ。

こういう事態になった時のために、ブタが用意していた「奥の手」だろう。万が一、甘音ちゃんが自分より目立った時に、妨害するように言われている。そんなところか。

見過ごすわけにはいかない。

俺は黒服の背中へと静かに近づいた。

甘音ちゃんを狙うのに熱心で、黒服はそれに気づかない。

二流の仕事だ。

高屋敷家のことは昔から知っているけど、使用人の質が落ちたんじゃないのか？

さりげなく先回りして、黒服の横へ回り込み——出足を軽く引っかけてやった。

他愛ない足払いにひっかかり、黒服が盛大に蹴《け》つまずく。

周りの数名から悲鳴があがるが、他はみんなステージに釘付け。

わかったか？　ブタさん。

この程度の妨害じゃ、甘音ちゃんの魅力を、その頑張りを、かき消すことなんてできやしないんだ。

――さあ。

最後の仕上げだ。

「甘音ちゃん、がんばれ――――――――――――――っっっっ‼」

力の限り、せいいっぱい、俺は叫んだ。

甘音ちゃんが一瞬、俺のほうを見る。

目と目が合った。

彼女は嬉しそうに笑顔を弾けさせて――そのキュートさに、またもや会場が沸き返る。

いっぽうのブタは、愕然《がくぜん》としていた。

自分ではなく彼女を応援する俺を見て、衝撃のあまり足をもつれさせて――ステージ上で盛大にスッ転んだ。

観客から失笑が巻き起こる。

「因果応報」

つぶやいて、俺は観覧スペースを後にした。

タオルを持って、スポーツドリンクを買って。
あの小汚いトイレ横の即席楽屋で、彼女を待とう。

未来の大声優の凱旋《がいせん》だ。

◆

イベントは大成功だった。
甘音ちゃんの「あまにゃん♪ダンス」の評判はSNSで瞬《また》く間に拡散された。

『もうめっっっっっさ可愛い‼』
『全人類が知るべき』
『筆舌《ひつぜつ》に尽くしがたい尊《とうと》さ』
『るあ姫、引き立て役w』

などなど、絶賛コメントが怒濤《どとう》の勢いでスマホを流れていく。
撮影してたやつが動画をアップして、それを見たやつがまた魅了されて——という幸福なループ。トレンド二位に「あまにゃん」、四位に「湊甘音」が入る人気ぶりで、俺が想定していた以上のことを未来の大声優はやり遂げてしまった。

一方、メディアの反応は真逆だった。

大手ニュースサイトは「るあ姫のイベント大盛況！」「JKアイドルの歌声に観客酔いしれる」などなど、軒並みあのブタを持ち上げる記事をアップした。

事務所のテイカイミュージックが、事前に根回ししていたのだろう。

甘音ちゃんのことなんかこれっぽっちも載ってない。ブタさんがステージでスッ転んだことも載ってない。なかったことにされてる。完璧な情報操作だった。

だけど、甘い。

このSNS全盛時代に、そんなもの通用すると思うか？

今回のイベントで一番輝いていたのは誰なのか、それは、見に来た客が全員知っている。

俺が拡散するまでもない。

甘音ちゃんの輝きを見た人々が、勝手に伝え、広げてくれている。


大人が作り上げた、偽物なんかじゃない。

「本物」の輝きっていうのは、そういうものさ。

◆

明くる日、月曜日の朝。

いつもの時間に登校すると、昇降口のところに人だかりができていた。

大勢の生徒に取り囲まれているのは、甘音ちゃんだった。


「イベントの動画、見たよ！」

「ネコミミ可愛かったー、驚いたよマジで」

「あの振り付け、自分で考えたの？」

「てか、声優やってたんだね！　知らなかった！」


男子女子問わず、口々に彼女をほめそやしている。

甘音ちゃんときたら、顔を真っ赤にして「あのっ、そのっ」しか言えなくて。

一夜にして大スターになったっていうのに、性格まではなかなか変わらないか。

前髪も、元通りクローズされているし。

そんな彼女を取り囲んでいるのは、「イケてる上級」のみなさん。

あのブタの軍団とは、また別のグループである。

ちなみにブタ軍団はといえば、この騒ぎを遠くから窺《うかが》っている。なかには、甘音ちゃんに声をかけたそうにしている連中もいる。野球部の浅野もその一人だ。熱っぽいまなざしで、甘音ちゃんのことをじっと見つめている。……あれは、惚れたな。

そしてブタ本人、いや本豚はといえば。

ものすごい形相《ぎょうそう》で、甘音ちゃんをにらみつけていた。

真豚《マブタ》、いや瞼《まぶた》がぴくぴくけいれんしてるのが俺の位置からでも見てとれる。

あれは相当、アタマに来ている。

だけど手出ししないのは、昨日の二の舞になると思ったからか。いくら高屋敷家の令嬢でも、もうおいそれとは手を出せまい。あれだけの醜態をさらして、SNSで拡散されたのだ。もし甘音ちゃんに手を出せば、自分が真っ先に疑われてしまう。これ以上の醜聞は、さすがの人気者も避けたいところだろう。


（良かったな。甘音ちゃん）


心の中で声をかけて、俺はそっと場を離れた。

これで彼女は「上級」の仲間入りだ。

ブタの派閥には入れないだろうけれど、別の派閥が必ず誘ってくる。あんな可愛い子、ほうっておくわけがない。遠からず彼氏もできるだろう。

そうなると、「下級」である俺の存在は邪魔だ。

学園の支配者・高屋敷瑠亜と敵対する俺がいては、彼女の妨《さまた》げになってしまう。

黙って消えるのが正解だ。

あのブタと絶縁した時、俺は覚悟を決めている。ひとりきりで高校生活を過ごす覚悟を。イベントが成功したら、彼女の元を去る。最初から決めていたことだった。

（アニメの出演決まったら、絶対見るからな）

もう一度心の中で声をかけてから、内履きに履き替えた。

教室へ行こうと歩き出した、その時――。

「和真くんっっ!!」

大きな声で呼ばれた。

甘音ちゃんがこちらに駆けてくる。

「和真くん、おはようございます」

「……ああ。おはよう」

どう反応したものか迷った。

気づかないふりをしようかと思ったが、こんな大声で呼ばれたら仕方ない。

置き去りにされた上級軍団が、ぽかんと俺を見つめている。「誰？」みたいな顔して突っ立っている。ブタ軍団も、ぽかん。頭《かしら》のブタさんは血走った目を見開き、子分の浅野はあんぐり大口を開けている。

「和真くん。今日の放課後も、練習付き合ってくださいね」

「練習？　もうイベントは終わって、ユニットは解散するんだろう？」

彼女は首を振る。

「実は、今度、新作アニメのオーディションに呼ばれたんです。今の事務所とはまた別のところから、声かけてもらって」

「……本当か？」

「事務所、移ることになりそうです。アイドルじゃなくて、声優のお仕事をくれるところに」

その声は弾《はず》んでいた。

口元にも自信が浮かび上がっている。

「だから、お芝居の練習したいんです。和真くんと、一緒に」

甘音ちゃんは、おもむろに前髪をかきあげた。

子猫みたいにつぶらで可愛い目が、せつなげに俺を見つめている。

後ろでぽかんとしてる連中には、もちろん見えない。

俺にだけ、見せてくれたのだ。

「いや、でもさ。甘音ちゃん」

「そんな呼び方、や、です」

ふるふる、首を振る。

「和真くんにだけは、『あまにゃん』って、呼んでほしいです……」

うわ。

反則だろ、これ。

「なあ、甘音ちゃん」

「あ、ま、にゃ、ん」

「……あまにゃん。前髪上げたら、性格変わっちゃうんじゃない？」

「ふふ。そうかも」

彼女は笑った。小悪魔の笑みだ。

「だとしたら……きっと、あなたのせいです。あなたが、前髪上げてくれたから」

「……」

「せきにんっ、とってください。ね？」

彼女は俺の腕を取って、歩き出した。

そうして密着すると、ボリュームのある胸の存在を感じずにはいられない。

何より、すごくいい匂いがする。昨日まではこんな匂い、しなかったのに。香水？　それともシャンプー替えたのかな。誰のために？

上級軍団の視線が、背中に突き刺さるのを感じる。

ちらっと視線をやれば、浅野が地面に膝をついて両手で顔を覆っているのが見えた。雑魚だと認識していた俺に彼女を取られたのが、そんなに悔しいのだろうか。

ちなみにその隣では、誰かさんが倒れていた。

周りの軍団が「大丈夫⁉」「ほ、保健室行く⁉」「泡ふいてる！」「どうしたの目ぇグルグルだよ⁉」とか血相変えて呼びかけている。えらい騒ぎだ。

誰か知らないけど、ご愁傷様。

「行こっ。和真くん」

「……ああ」

やれやれ。

どうもしばらく、俺の周りは静かになりそうにもない。

◆

それから一週間後——。

全校集会にて、学園理事長からこんな宣言があった。

「諸君らにさらなる発奮を促すため、この学園の頂点に君臨する特待生たちに、金のバッジを配ることにする」

このバッジが、次なる騒動の引き金となることを、俺はまだ知らない。

#3 普通だから美人の会長に協力する。

S-kyu gakuen no jisho "Futsu",
kawaisugiru kanojyo tachi ni Guigui korarete
Barebare desu.

私立・帝開《ていかい》学園。

日本を代表する巨大企業グループ「帝開」が設立した中高一貫校である。

通称「S級学園」。

進学やスポーツ、芸能、芸術、あらゆる分野に「S級」の人材を輩出するという理念を掲げ、その力の入れ方がまさに「S級」、規格外であることからそう呼ばれている。


どのくらい力を入れているか？


運動部の施設について説明するのが、一番わかりやすいだろう。

まず、野球部・サッカー部・ラグビー部・ソフトボール部に関しては、それぞれ専用のグラウンドを持っている。総合グラウンドもあわせて、この学校には五つもグラウンドがあるのだ。これだけでもう、規格外。対校試合に訪れた他校の生徒が圧倒され無言になるのは「帝開あるある」の一つだ。

体育館は四つある。

バレー部、バスケ部、ダンス部がそれぞれ専用で使うのと、さらに総合体育館がある。

四階建ての格技館は、一階を柔道部、二階をレスリング部、三階を剣道部、四階を空手《から て》部が、それぞれ使用する。

体育館や格技館とは別にトレーニング施設があり、プールがあり、プロテインや各種サプリが飲み放題だったり……ああ、説明してて疲れてきた。ともかく、それだけの施設が用意されているというわけだ。力の入れ方が半端じゃないのは、わかってもらえただろうか。もちろん、文化部についても似たようなもので「十階建ての文化部棟、それが三つ」とだけ言っておこう。

ただし、これらの特別待遇は「Aランク」の部だけの特権だ。

帝開学園では、すべての部活をAからEの五つのランクに分けている。Aランクは素晴らしい環境で活動できるが、ランクが下がるにつれて、待遇は悪くなる。それでもCランクなら、普通の高校程度ではあるのだが——DとEは、悲惨な仕打ちを受けているらしい。そうやってわざわざランクづけすることで、競争意識をあおっているのだ。

さて——。

この帝開学園高等部の生徒数はおよそ千二百人。

一学年は十クラス。

特待生の割合は、だいたいひとクラスに五名前後だ。

全校生徒のうち、およそ一割強の百五十名ほどが、なんらかの「特待生」として入学しているわけだ。

この特待生たちが、帝開学園のリーダーとして君臨している。

教職員も彼らをチヤホヤするし、そもそも学校のカリキュラムそのものが、彼らを中心として設計されていた。

残り九割の生徒たちは、特待生のご機嫌を窺《うかが》いつつ、ひっそり学園生活を送ることになる。

まぁ、それはそれで「わきまえて」過ごしていれば、実害はない。

強い者に逆らわず、長いものには巻かれて、穏やかに過ごしていればいい。

大半の生徒は、そう楽観的に考えていたはずなのだが――。

◆

六月某日。

そろそろ梅雨《つゆ》入りかという曇天のもと、全校生徒が講堂に集められた。

月に一度行われる全校集会である。

壇上に立つのは、スーツ姿の老紳士。

白髪頭をオールバックにしたハンサム。いわゆる「ロマンスグレー」というやつだ。白い口髭《くちひげ》に威厳を漂わせて、鋭い眼光を全校生徒に投げ下ろしている。獲物を狙う、鷹《たか》のような目つきだ。

この男が、帝開グループのドン・高屋敷泰造《たかやしきたいぞう》。

高屋敷瑠亜《るあ》の祖父である。


「この世界は——過酷である」


厳《おごそ》かな声で、やつはそう言った。

いつもの口上である。

このジジイは、何か演説をする時、必ずこの口上から入るのだ。

「力ある者が報《むく》われ、そうでない者は報われぬ。弱肉強食。優勝劣敗。それが、この社会では言ってはいけないとされている〝真実〟だ。私は諸君らに、敗者になって欲しくない。この日本のため、勝者を育てる。それが、私の使命。この学園の使命。そう信じるものである」

確かにね。

心の中で、俺は頷《うなず》いた。

勝者を育てる学園。

あんたの孫娘からして、そうだな。

傲慢《ごうまん》さを日々すくすくと育てている。

そもそもあんたのアレ、負けようがないよな。下っ端だと侮《あなど》っていた新人声優に負けたことなんかコロッと忘れて、今もぬくぬくしているんだから。勝ったことだけ覚えてれば、それは、勝者だな。


「諸君らにさらなる発奮を促すため、この学園の頂点に君臨する特待生たちに、金のバッジを配ることにする」


帝王の〝託宣《たくせん》〟が、静かな講堂の空気を震わせた。

周りの生徒たちから、大した反応は見られない。「ふーん」みたいな感じ。バッジくらいで騒ぐやつはいない。まぁ、校内でつけてたらちょっとカッコイイな、くらいに思っているやつが大半のように見えた。

しかし――。

（まずいんじゃないか、それ）

あくまで直感でしかないが、俺のセンサーに「何か」がひっかかっていた。

今までだって、特待生とそれ以外の「格差」はあったのだから、何も変わらないと言えばそれまでかもしれない。しかし、何かがひっかかる。具体的な言葉にできないのがもどかしいが……。

理事長の話は続いている。

「詳しい説明は、今回の発案者である生徒会役員・高屋敷瑠亜くんに発表してもらう」

ブタの名前が呼ばれた。

ブッヒンブヒヒンと、意気揚々と壇上にあがってくる。その自信満々の顔を見て、俺の不安はさらに加速した。

何故《なぜ》こいつが、生徒会の代表ヅラして出てきた？

三年生の生徒会長はどうしたんだ――。

理事長がブタにマイクを手渡した。鷹のようだった鋭い目が和《なご》やかなものに変わる。鬼と言われる理事長が孫娘の前では仏になるという噂《うわさ》は本当だ。元・幼《おさな》なじみだから、このジジイが孫バカなのはよく知ってる。

マイクを持つ手の小指をピンと立てて、ブタは鳴き始めた。

「コホン。生徒会役員・高屋敷瑠亜でっす。今、お祖父《じい》さま、じゃなくて、理事長からお話があったように、特待生には校章を模した金のバッジを配ります。校内では、必ずそのバッジをつけてくださいねっ。そうすることで、特待生としての誇りと責任をより感じ、より頑張れるんじゃないカナ～？　アタシはそう思ってまーす！」

さすがはアイドル。声はよく通るし、トークも（場にふさわしいかはともかく）軽妙だ。俺の周りにいる生徒たちは、みんな聞《き》き惚《ほ》れている。教職員がいなければ、「るあ姫」コールくらい起きたかもしれない。先月のイベントであんな醜態をさらしたというのに、人気は衰《おとろ》えていないようだ。

「あーそれから、一般生徒には銀のバッジを配ります。この銀にこめられた意味は、『金になれるよう、頑張って！』というものです。この帝開学園には、途中からでも特待生になれる制度があります。学業に部活に課外活動に、特待生に負けないよう頑張ってください！」

ふむ、と頷く気配が周りからした。
ブタの言葉に納得してしまったらしい。

「これを機に、特待生目指しちゃおうかな」。そんな風に考えたやつもいるのかもしれない。

一見して、何も悪いことはないように思う。

だが……。

やっぱり、まずい。

まずいだろ、これは。


「最後にアタシから――じゃなくて、生徒会からお願いです。金バッジをつけている特待生には、みなさん〝敬意〟を払うようにしてくださいねっ。彼・彼女らは、この学校に貢献してくれる大切な人材です。校内の至るところで優先、尊重してあげるよーにっ」

――もちろん、「強制」じゃないけどね？

最後にそう付け加えて、ブタはマイクを理事長に返した。

颯爽《さっそう》と壇上から下りる時、俺のほうを見た。

俺の隣にいる男子が「瑠亜ちゃんと目が合った！」とか喜んでる。

俺はもちろん無表情。

そんな俺を見て、ブタは意味ありげに唇の端を吊《つ》り上《あ》げて――それから「ばっちーん☆」とウインクをかましていった。……なんだ今のは。やめろ。目が腐る。

「る、瑠亜姫にウインクされたぁ……」

隣の男子がよろめき、膝《ひざ》から崩れ落ちるのを横目に、俺は気分が悪くなった。

吐きそう。

この集会が終わったら、保健室行ってくるか……。

◆

集会が終わり、講堂から生徒の退出が始まる。

俺は一年一組の列を抜けだし、ハゲオヤジ担任に断って保健室に行った。特に何も言われなかった。俺に興味がないらしい。陰《いん》キャのステルス性能もこういう時はありがたい。

校舎の中は静かだった。

内履きが床をぺたぺた叩《たた》く音だけが聞こえる。

落ち着く音だ。

気分が悪いのも少し収まってきた。

軽くノックして、保健室のドアを開ける。

すると――。

「キャッ」

小さな悲鳴と、刺激的な光景とが、出迎えてきた。

黒。

黒の、下着。

実がずっしり詰まったスイカのようにおおきな乳房を包み込む、黒のレース。

その黒には、美しい蝶《ちょう》の刺繍《ししゅう》が刻まれていた。

黒い蝶が、真っ白な肌を舞う――。

そんな現実離れした光景が、保健室に現れていた。

そこにいたのは、着替え中の女性。

いや、「女子」だ。

下着の色もデザインも、それが包むものも高校生離れしているけれど、保健の先生ではない。制服を着ている。スカートとタイツは着用している。ちょうど、ブラウスを着ようとしていたところに出くわしたようだ。

甘音《あまね》ちゃんに続いて、またこんな場面に出くわすとは……。

黒い蝶の彼女は、魅惑の胸を交差させた腕で隠し、鋭いまなざしで俺を射貫《いぬ》いた。

「ドアを閉めなさい」

毅然《きぜん》とした声だった。

着替えを見られたショックを感じさせない。

だけど、まなざしにかすかな弱さがある。強がっているのは明白だった。

「すみません」

謝罪してドアを閉めた。

ドア越しに聞こえる衣擦《きぬず》れの音に気をとられつつ、このまま立ち去った方がいいんじゃないかと迷った。だが、その方が後々問題になる可能性がある。ここは留まって沙汰《さた》を待つべきか……。

迷ってるうちに、衣擦れの音が止《や》んだ。

「もういいわ。入ってきなさい」

改めて入室すると、楚々《そそ》としてブラウスを身につけた彼女が立っていた。

ネクタイの色からして、三年生とわかる――が、そもそも彼女のことを俺は知っている。

というより、この学校で知らない者はいない。あのブタの次くらいには有名なはずだ。

銀色の長い髪が麗《うるわ》しい、北欧ハーフの帰国子女。

入試成績トップで入学し、今も首席の座をキープし続けている学業特待生。

高校生だてらに起業して、ビジネスの分野でも成功を収めている。

そして――この帝開学園の現・生徒会長。

胡蝶涼華《こちょうすずか》。

この学園を代表する上級中の上級、「天才」の一人である。


「退学」


クールな態度の中に恥じらいを押し隠すように、胡蝶会長は言い放った。

「退学よ、貴方《あなた》。私の肌を見て、ただですむと思わないことね」

「……」

おいおい。

バッジどころか、鈴木和真《すずきかずま》、高校中退の危機である――。

◆

胡蝶涼華はその切れ長の目をくっと細めた。

俺を値踏みするような目つきだ。

「退学……と、言いたいところだけれど。不用意に着替えをしていた私も悪いわね。お互い、このことは忘れましょう」

「すみません」

二つの意味で謝った。一つは着替えを覗《のぞ》いてしまったこと。もう一つは、あの黒い蝶のことを、おそらく忘れられないだろうということ。

「それで、どうしたの？　保健の先生なら不在だけど」

「ちょっと気分が悪くて。休ませてもらおうと思って」

「それは、いけないわね」

会長は白い手を伸ばしてきた。

おでこに冷たい感触。

俺の胸のなかで、心臓がどくんと音を立てた。

「熱、少しあるかしら」

「はあ」

俺に熱があるとすれば、それは別の理由だろう。

「先生を呼んでくるわ。ベッドで休んでいなさい」

長い銀髪を翻《ひるがえ》して、彼女は歩き出した。きびきびと律動的な足取り。見ているだけで有能さが伝わってくるようだ。

胡蝶会長の優秀さは、つとに有名である。

入学以来、学年首席の座を譲ったことは一度もない。生徒会長としても敏腕だ。昨年まで行われていた朝の校門指導を無くした功績は、俺たちの学年にも伝わっている。

才色兼備の、歩く見本みたいな人だ。

ただ――。

それほど有能な生徒会長が、何故バッジの件をみずから発表しなかったのだろう。

なぜ、あのブタが壇上にいて、彼女が保健室にいるのだろう。


「例のバッジの件、会長は賛成なんですか？」

ドアに手をかけたところで立ち止まり、銀髪の才女が振り返る。

「全校集会で聞いたのね？」

「ええ。ああいうことは、生徒会長が発表するものなのでは？」

「別に、そんな決まりはないわ」

「不本意なルールを生徒に強制するというのは、気が進まないことでしょうね。体調を崩して保健室にいても、無理のないことだと俺は思います」

会長の瞳に険しいものが浮かんだ。

「貴方《あなた》、一年一組の鈴木和真くんよね？」

「何故俺のことを？」

「高屋敷瑠亜さんの幼なじみだって聞いているわ」

ああ、なるほど。あのブタのおまけとしての認識か。

「例のバッジは瑠亜さんの提案よ。それを私が生徒会長の名において承認し、先生方も受け入れて、実施される運びとなりました」

事務的な口調だった。

「俺が聞いたのは、会長が賛成か反対かなんですけど」

深い森の湖のように澄んだ瞳が、わずかに翳《かげ》る。

「貴方、鋭い……いいえ、怖い人ね」

「俺が？　まさか」

過大評価もいいところだ。天下の生徒会長が「怖い」だなんて。

「もちろん賛成よ。当たり前じゃない」

不機嫌な声を残して、会長は保健室を出て行った。

爽やかなミントの香りが鼻をくすぐる。彼女の銀髪の残り香だった。

「……ふうん……」

どうやら生徒会も一枚岩ではないらしい。

もしや。

あのバッジの件、あのブタの独断《ごり押し》なのか？

◆

保健室でたっぷり一時間休んだ後、教室に戻った。

ちょうど二限目が終わったところだった。がやがやと騒がしいおしゃべりに満ちている。俺が戻ってきたことには誰も気づかない。

いや——。


「カズっ！　待ってたわよん」


金髪をなびかせてブタさんが近づいてきた。素早い。シュバババッて感じ。別に俺の体調を心配していたんじゃないのは、そのニマニマした気色悪い笑みを見ればわかる。

ブラウスの胸元には、さっそく例の金バッジが光っている。

ちなみにこいつの胸はぺったんこ。会長のを見た後だからギャップがすごい。エベレストとマリアナ海溝くらいの違いがある。実に対照的な二人だ。銀髪と金髪。山と谷。蝶と豚。

「アタシが全校集会で発表したバッジね、もう配っちゃったわ」

見れば、他の生徒たちの胸にもバッジがある。

金と銀。

二色に教室が色分けされている。

驚いたことに、みんな、どこか誇らしげだ。

金色が誇らしいのはわかるとして、銀色でもそう感じるらしい。

二番目、銀メダルとして解釈すればそう悪いものではないと感じているのだろうか。実質、最下位なのだが。

「でね、悪いんだけどぉ」

ブタさんは、にぃっ、と唇の端を吊り上げた。

「ちょ～っとした手違いで、銀バッジの数が足りなくってさぁ。カズのぶん、ねーから！」

「………………」

「ちなみにこの〝手違い〟は、あちこちで起きてるみたいでー。二組でもひとつ足らなくなってるんだって！　大変だネ！」

二組に誰がいるのか、言うまでもない。

湊《みなと》甘音、「あまにゃん」のクラスだ。

「業者に追加発注かけてるけど、いつになるかわかんないらしいの。それまでバッジなしで過ごさなきゃいけないネ！」

「……なるほどな」

俺はブタの顔を無感動に見つめた。

「こういう形で、例のイベントの仕返しするってわけか」

「え～？　なんのことォ？　るあわかんなーい」

いつのまにか、ブタの周りには取り巻きが集まっていた。

みんなニヤニヤ笑って、「バッジなし」の俺を蔑《さげす》むように眺めている。

手下を従え、ブタはますます鼻息を荒くする。

「でね、そんなカズに提案なんだけどっ。アタシにちゃんと謝ってみる気はなあい？」

「謝る？　何を」

「幼なじみの絆《きずな》を裏切って、あんな前髪ウザスダレの味方したこと」

絆とか、どの口が言うんだ？

絆じゃなくて、鎖の間違いだろ。

「ね、謝ってよ。そしたらバッジもらえちゃうかもよ。金と銀、どっちでも好きなのをね。――ねぇ、カズぅ」

甘えた声を出して、ブタが俺の手を握ってきた。

周りの取り巻きが驚いた顔をする。

野球部・浅野《あさの》なんて、鼻の穴をがばっとおっぴろげている。

それだけの衝撃映像らしい。

「もういいかげんさぁ、仲直りしようよぉ」

「…………」

「アタシに逆らって、この学園で——ううん、この国で生きていけるわけないでしょ？　カズが一番よく知ってるよね？　ねえ、カズ。昔みたいな『幼なじみ』に戻ろうよ……」

学園一の人気者。

今をときめく超人気アイドル。

学園理事長の孫。

日本有数の大富豪令嬢。

そんな相手に手を握られて、甘えた声を出されて、落ちない男なんかいないだろう。

現にこいつの取り巻きがそうだ。

どいつもこいつも、ヨダレをたらさんばかりの顔で俺を見つめている。

「うらやましい」「俺がるあ姫の幼なじみになりたい」。そう顔に書いてある。

だからこそ。

あえての、ＮＯ！

「…………ッ！！？」

俺はその手、いや豚足を振り払った。

ブタの顔が引きつり、青ざめる。

「俺は、一度決めたことを曲げる気はない」

「……っ」

「お前が一番よく知ってるだろ。元・幼なじみのお前がな」

青ざめた顔が、今度は真っ赤《まっか》に染まった。

「カズのバカ！　バカ！　うんこたれ！　あ、あとでどれだけ後悔しても、知らないんだからねッ!!」

いにしえのツンデレみたいな台詞《せりふ》を吐き捨て、ブタは歩き去って行った。

お前の場合、ツンドラって感じだよな。

こうして——。

学園の全生徒は、金と銀、そして「無印」という、三つに色分けされたのである。

◆

バッジ着用が実施されて、およそ二週間が経過した。

学校には変化が起きた。

金バッジの特待生に対して、銀バッジの一般生徒が、「敬意」を払うようになった。

たとえば昼間の学食。

いつも混んでいて座れなかったり、人気のパンが買えなかったりするのだが、一般生徒は特待生に席を譲ったり、行列の順番を代わるようになった。「君は特待生だから」「僕の代わりにどうぞ」。そんな風に率先して、特待生を優先するようになったのである。

先生たちにも、変化が起きた。

特待生たちを、今まで以上に「優遇」するようになった。

たとえば特待生が授業中寝ていても、見て見ぬふりをするようになった。

これまでも「ひいき」はあったが、ここまで露骨なことはなかった。

一般生徒の目があるから、いちおうは注意していたのだ。

だが、今やその建て前すらなくなった。

たとえば野球部・浅野が授業中グースカいびきをかいていても、先生は「彼は朝練で疲れているからな」などと言い訳し、授業の声のボリュームを抑える始末だった。

敬意と優遇。

こんなの、俺に言わせればただの「差別」なのだが――校内の誰ひとり、この状況に異論を挟む者はいなかった。疑問すら抱いていない。当然のことのように思っている。

それが、バッジの魔力。

〝レッテル〟の魔力。

俺が恐れていたことだった。

◆

昼休み、地下書庫――。

俺はあまにゃんこと、甘音ちゃんと一緒に昼食を取っていた。

あれ以来、この場所が俺たちの「休憩所」みたいになっている。かび臭くてほこりっぽい場所だけれど、俺にとっては天国だ。今日も彼女のお手製弁当を味わうことができる。

「じゃあ、和真くんはこの状況を予測していたんですか？」

俺の話に、甘音ちゃんは目を丸くした。

俺と二人きりの時だけは、前髪を上げている。

そのあどけない可憐《かれん》な瞳が、間近から俺を見つめた。

「わたし、バッジくらいで何も変わらないんじゃないかって思ってました。今までだって特待生優遇はありましたから。でも、まさかこんな露骨になるなんて」

「そこが、この〝制度〟の怖いところだよ」

彼女が作ってくれた卵焼きを頬張る。うんと甘くしてあるやつ。俺が好物だと言ったら、そうしてくれた。

「ある海外の大学でね、こんな心理実験が行われたことがある。二十名前後のグループを二つに分ける。ひとつは看守役。ひとつは囚人役。本物の刑務所みたいな設備を作って、それぞれの役割を演じながら二週間生活しようとしたらしい」

「面白そうな実験ですねっ！」

甘音ちゃんは興味津々に肩を寄せてきた。演じると聞いて興味を持ったらしい。さすが声優、勉強熱心なのは結構なんだけど……そんな風にされたら、メロンの果肉が俺の二の腕に当たる。もう衣替えも終わって、ますます発育の良さが目立つ季節だ。

咳払《せきばら》いして、俺は続けた。

「時間が経《た》つにつれ、看守役はより看守らしく、囚人役はより囚人らしく行動するようになった。看守役は尊大になり、囚人役は卑屈になっていった。やがて看守は、囚人に罰を与えるようになった」

「罰って、演技なんでしょう？」

「その罰は、囚人にバケツへ排便させたりするものだったそうだよ」

「………………」

「そして、実際に暴力も振るわれるようになった。囚人の中には、精神に異常を来《きた》す者も現れたらしい。危険な状況になったため、実験は六日間で中止された。だけど、看守役は『続行』を主張したそうだよ。もう、囚人たちを支配できる快感に取り憑《つ》かれていたんだろうね」

甘音ちゃんの顔が青ざめた。

「まさか……。この学校もそんな風になるって言うんですか？」

「どうかな」

さすがにそこまで過激なことになるとは思いたくない。

「ただ、状況としてはよく似ていると思う。特待生が看守役。それ以外が囚人役だと考えてみればいい。今回のバッジ配付は、その『役』を明確にするためのものだって、そう思わないか？」

ぶるり、と甘音ちゃんが震える。

「ちょっと、信じられません……。その実験、本当なんですか？」

「実は、少し嘘《うそ》」

甘音ちゃんは「ふえ?」と声をあげた。

「後年、この実験の責任者である『刑務所長役』の博士が、看守役のグループに対して『残忍《しい》な看守』として振る舞うよう指導していたことがわかっている。つまり、外部からの恣意的な圧力がないと、そこまでひどいことにはならないってことさ」

「なぁんだ」

甘音ちゃんはほっと胸を撫《な》で下《お》ろした。

「でもさ。逆に言えば、誰か偉い人からそんな風に指示されたら、『看守』はそうなってしまう可能性があるってことだろう?」

「偉い人?」

「そう。たとえば学園理事長とか。あるいは、その孫とかね」

甘音ちゃんの顔が再び青ざめる。

「新しい事務所の先輩から聞いた話なんですけど。長いこと役を演じていると、そのキャラクターが自分の中に住み始めるんですって。たとえばドラ焼きが好きなキャラクターなら、日常生活でもドラ焼きをよく食べるようになったりとか。演じているうちに、嗜好《しこう》も変化していくんだって」

「そうかもね」

なりきっているうちに、本当にそうなる。

一種の自己暗示、自己催眠のようなものなのだろう。

ブタと絶縁することで俺が変わりつつあるように、人間は心の持ちようひとつで変わることができるし、変えられてしまう。曖昧な存在なのだ。

「それにしても、和真くんは物知りですね」

「読書が好きだからね。ここにある本も、ほとんど読んでるし」

「えっ⁉　これ、全部ですか⁉」

この地下書庫は本棚だらけだ。何冊あるのか見当もつかない。

「入学して、毎日ここで時間潰してたから。ぼっちの仲間外れゆえに、ってやつだよ」

すると、甘音ちゃんは悲しそうな顔になった。

「そんな風に言わないでください。わたし、和真くんは本当にすごい人だと思ってるんですから」

「買いかぶりすぎだよ」

「そんなことありません。わたしを暗闇から救ってくれたのは、あなたです……」

甘音ちゃんが体を寄せてきた。

甘い声が鼓膜をくすぐり、爽やかな香りが鼻をくすぐる。

ブラウスの中で窮屈そうにしている胸がますます密着し、二人のあいだで形を変える。

「まずいよ、甘音ちゃん」

「むー。あまにゃん、です。むー」

濡《ぬ》れた瞳で見つめてくる。

普段は控えめで目立たないのに、二人きりだと本当に積極的なのだ。

女の子って、みんなこうなのだろうか？

「今さらなんだけどさ」

「はい」

「俺は今までモテたことがないし、恋愛経験がないから、こういう時に普通はどうするのか、わからないんだ」

甘音ちゃんはしばらく俺の顔を見つめていた。

「どうするって、そんなの決まってますよ」

「？」

「キス、しちゃうんです。あなたのことが大好きな女の子が目の前にいて、とてもいい雰囲気で、しかも二人きり。だから、……あの、和真くん……」

彼女は緊張した面持ちで、そのサクランボみたいなくちびるを小さくすぼめた。

……なるほど。

普通はそういうものなのか。

ならば——。

俺は彼女の肩を抱き寄せると、ほんの軽く、そのなめらかな頬に口づけた。

サクランボから、残念そうな吐息が漏れる。

「いつか、ちゃんとお口に。ね？」

「……善処するよ」

頭を撫でてやると、彼女は「ふにゃん」と鳴いた。

ほんと、猫みたい。

「放課後、ひさしぶりに一緒に帰りませんか？」

「いいよ」

彼女は嬉《うれ》しそうに笑った。

「じゃあ、四時半にいつものところで」

「四時半？　少し遅いね」

「放課後、野球部の人に少し時間くれないかって言われてるんです。なんでしょうね？」

彼女は無邪気に言った。

まぁ、そいつに告白でもされるんだろう。

人気急上昇中の彼女だから、似たようなことはこれまでもちょくちょくあった。

今日もまた、どこかの誰かを魅了してしまったのだろう。

◆

その放課後。

約束の時間をすぎても、甘音ちゃんは来なかった。

今までにないことだった。時間はぴったり守る子だ。声優業界は分刻みのスケジュールで動いているので、遅刻厳禁なのだと話してくれたことがある。

メッセージを送ってみたが、返信はなし。

既読もつかない。

野球部の人間に呼び出されたと言っていたが、その用事が長引いてるんだろうか？　おそらく、「俺と付き合ってくれ」という告白の類いだと思うんだが。

野球部といえば、思い出すのは同じ一組の浅野勇弥《ゆうや》だ。

浅野は以前、甘音ちゃんに気があるようなそぶりを見せていた。

しかし、浅野はあのブタの一味でもある。

だから甘音ちゃんに言い寄ることはないだろうと思っていたのだが……。

（最悪のケース、考えておくか）

俺にはそのクセがついている。

なにしろ、あの最悪ブタ女の幼なじみを長年やってきたのだ。常に最悪の事態を想定して物事を考え、行動する必要があった。

さっそく、スマホでメッセージを送った。

相手は甘音ちゃんではない。

何かあったら利用させてもらおうと思っていた、いわゆる〝切り札〟。

その相手に送ったのだ。

俺自身も動き出す。

向かったのは野球部の使っている第一グラウンド。

今日は紅白戦のようで、グラウンドには普通の練習とは異なる緊張感が漂っていた。

バックネットごしに視線を走らせ、浅野を探す。

やつのポジションは投手のはずだが、マウンドにその姿はない。

近くにいた二年生部員に尋《たず》ねた。

「浅野？　いや、来てないよ」

「そうですか。怪《け》我《が》か何か？」

「どうせサボりだろ。最近よくサボんだよ、あいつ。特待生のくせに」

見かけたら連れてきてくれと、ぼやくように彼は言った。

野球部はAランクの部だけに、指導が厳しいことで有名だ。意識も高くて、サボるようなやつは少ない。しかし、甘音ちゃんは野球部の人間に呼び出された。となれば、当然、サボってる野球部員が怪しいことになる。

次に俺が向かったのは、東側校舎の一年生棟、その東端にある空《あ》き教室だった。

いつもブタ一味が放課後の溜《た》まり場《ば》として使っている。

浅野が「犯人」なら、きっとそこにいる。

果たして——。


「か、和真くんっ!!」


空き教室に飛び込んだ俺を出迎えたのは、甘音ちゃんの泣きそうな顔と、野球部・浅野を含む男三人の敵意だった。

浅野は、甘音ちゃんの肩に馴《な》れ馴《な》れしく腕を回している。甘音ちゃんは必死に顔を背《そむ》けているが、そんな彼女にキスを迫っているように見えた。

「何か用かよ。バッジなしの〝無印〟が」

浅野の取り巻きAが低い声で言った。金バッジをつけた大男だ。確か柔道部の特待生。赤い鼻とぱんぱんにふくれた顔がとても醜《みにく》い。

「帰れよ。お前なんかが来ていい場所じゃねえぞ？」

取り巻きBが言う。こいつは銀バッジで、ギョロッとした目がいやらしい。

二人を無視して、浅野に問いかけた。

「何してるんだ？　部活にも行かずに」

「うるせえっ!!」

甘音ちゃんを捕まえたまま、浅野はそのイケメン面《づら》を歪《ゆが》めて吠《ほ》えた。

「グラウンドで、先輩が怒ってたぞ。特待生がサボりはまずいんじゃないのか？」

「黙れ。金の俺に、無印ごときが気軽にクチきいてんじゃねーよ」

「部活サボって女の子口説《くど》いてましたって、その先輩に教えようか。その大事な金バッジも、剝奪《はくだつ》されるかもな」

「だから、うるせえっ!!」

再び浅野が吠えた。その勢いで、甘音ちゃんを突き飛ばすようにしてしまった。あいかわらず挑発に乗りやすい性格で助かる。サボった後ろめたさもあるのだろう。こいつが小心者なのは、ブタにへーこらする態度を見ていたからわかる。

俺は素早く近づいて彼女を抱きとめた。

「こいつ！」

赤鼻《アカハナ》が手を伸ばしてくるが、間一髪、距離を置くことに成功した。

「大丈夫？　甘音ちゃん」

「は、はい……っ。和真くんっ……」

俺の腕の中で、彼女はとろんとした目になった。浅野には決して見せない顔だ。

その浅野の顔が、怒りで赤く染まる。

「邪魔すんじゃねえよ陰キャ無印。俺は、彼女に『イイ話』を持ちかけてたんだからよ」

「イイ話？」

俺は甘音ちゃんの顔を見た。

彼女はさかんに首を横に振っている。

「とてもそうは見えないが？」

「そんなわけねえ。俺と付き合ったら、金バッジもらえるって言ってんだからよ。無印のままじゃ、彼女だって困るだろ？」

浅野は自信満々の笑みを浮かべた。醜い笑みだ。己の才能や努力がもたらした笑みであれば、こんな風にはならない。もっと眩《まぶ》しい輝きに満ちているはずだ。

だが、こいつは醜い。

それは、その自信が、他人の「権威」を借りたものだからだ。

「お前に、甘音ちゃんのバッジの色を決める権利があるのか？」

「……っ」

「あのブタに言われたんだろう？　甘音ちゃんをそうやって口説けって。俺から彼女を引き離せって命令されたんじゃないのか？　あのブタに」

あのブタ。

学園一の権力者、人気絶頂のスーパーアイドルをそんな風に言う俺に、浅野と取り巻き二人が口を大きく開ける。

「ぶ、ブタって、瑠亜ちゃんのことかよ」

「ブタの世界じゃ、ブタ親分のことをそう呼ぶのか？」

「おっ、お前、何考えてんだ！　あ、あ、あのるあ姫のことを、そんなっ」

キョドってる浅野がちょっと面白い。

やっぱりこいつは小物だ。

「このまま帰れると思うなよ、お前」

赤鼻が、その鼻だけでなく、顔じゅうを赤くしている。

俺は冷静に返した。

「お前こそいいのか？　こんなことしてて」

「ああ？」

「柔道部と野球部の特待生が、暴力はまずいだろう。連帯責任ってことで、部そのものが活動停止になるぞ」

浅野が露骨に怯《ひる》んだ表情を見せる。

「お、おいっ。それはまずいぞ」

「構うもんかよ」

赤鼻の方は怯んだ様子もない。

にいっ、と黄ばんだ歯を見せて笑った。

「オレ、知ってんだ。先輩らが去年リンチ事件起こした時、学校がもみ消したの。うちの部、Aクラスだからな。今回も大丈夫さ」

「……」

「まして、相手は〝無印〟だろ？　大事《おおごと》には絶対ならねえよ」

俺は甘音ちゃんを背中の後ろにかばって、前へ進み出た。

「なら、俺も言っておく。学校がどんなにもみ消そうとしても、俺は絶対この件を拡散する。必ず大事にする。炎上させる」

「はん。お前ごときに何ができるんだ？」

「ここにいる甘音ちゃんのネコミミダンス、拡散したのは誰だと思う？」

赤鼻は意外そうな顔になった。

「まさか、お前が？」

「さあね。ただ、覚悟を決めて仕掛けてこいよ。ネットニュースのトップを飾る覚悟をな」

「てめえ！」

赤鼻が襲いかかってきた。

柔道部だから、当然服をつかみにくる。俺より上背《うわぜい》があるから、狙われるのは奥襟《おくえり》。それはわかっていた。避けるのは簡単だ。体育三でも、そのくらいの芸当はできる。

甘音ちゃんの肩を抱き寄せながら、後ろに軽くステップした。

赤鼻のゴツイ手が宙を切る。

「逃げてんじゃねーぞザコが！」

罵声を浴びせながらまたつかみにくる。かわす。つかみにくる。かわす。そんなことを五回繰り返した。そのたびに甘音ちゃんを抱き寄せることになり、メロンがひしゃげて、彼女がせつなげに喘《あえ》ぐのがくすぐったかった。柔道技なんかより、この甘い声のほうがよほど俺に効く。

「く、くそっ、なんでつかめねえんだ？」

赤鼻は汗だくで息を切らせている。柔道部特待生のくせに、書庫にこもってばかりの俺より体力がない。部活をサボっていたツケだ。

「もういい！　三人でやるぞ！」

浅野とギョロ目が俺の後ろに回り込んだ。挟み撃ちにする気だ。

こうなってしまっては、形勢は不利である。

一対三の「ケンカ」となれば、体育三の下級モブが特待生に勝てる道理はない。

だが――これは俺の予測の範疇《はんちゅう》だ。

小心者の浅野は、女の子に告白する時も仲間を連れている可能性は高かった。最低でも二人はいると踏んでいた。俺一人では多勢に無勢。「ケンカ」じゃ勝ち目はない。そんなことはわかりきっていた。

だから。

時間を稼いだのだ。

切り札が来るまでの時間を。


「貴方たち、何をしてるのッ‼」

凛《りん》とした声が、空き教室に響きわたった。

銀髪をなびかせて入室してきたのは、美貌《びぼう》の生徒会長。

胡蝶涼華。

キッと鋭い視線で俺たちを睨《にら》みつける。

「こんなところでケンカ？　いったいどういうことか、説明しなさい」

胡蝶会長の声は冷たい迫力に満ちていた。

浅野も赤鼻もギョロ目も、怯《おび》えたように後ずさる。

「い、いや、オレたちは、その……」

「大したことじゃないですよ。会長」

口をもごもごさせる三人に代わって、俺が説明した。

「彼らが、女の子にフラれて頭に血が上っていたようなので。穏やかに諭《さと》していたんです」

「フラれた？　そんなことで？」

ふうっ、と会長はため息をついた。

もっと大事件だと思っていたのだろう。

「貴方、野球部特待生の浅野くんよね？　やめなさい馬鹿なことは。せっかくの金バッジが泣くわよ」

「い、いえ、僕らは、別に……なあ？」

「お、おう。ちょっと、ふざけてただけで」

浅野も赤鼻もギョロ目も、しゅんとうなだれる。

思った通り、こいつらは権力に弱い。

権力で増長した輩《やから》は、さらに強い権力の前では、異様なほどおとなしくなるのだ。

◆

三人がすごすご退出した後、会長の鋭い目は俺に移動した。

「破廉恥《はれんち》な人ね。鈴木和真君」

「すいません」

破廉恥とはひどい言われようだが、言われてもしかたがない。

甘音ちゃんがまだ腕にぎゅーっとしがみついたままである。

離そうとしても離れない。

いつもは二人きりの時だけなのに、今日は人前でも積極的だ。

「怖い人、という私の見立ては間違っていなかったようね」

「だから、それは買いかぶりすぎです」

そう言っても、会長は信じてくれない。

その綺麗《きれい》な瞳で、俺をじっと観察している。

「貴方、噂では瑠亜さんと絶縁したって聞いたけれど」

「ええ、まあ」

「今まで瑠亜さんという太陽の陰に隠れていて見えなかった。その太陽から離れた途端に、真の姿が見えるようになった。そういうこと？」

俺は首を振った。

「俺は普通です。ただ、子供のころから権力者に群がる醜い人間をたくさん見てきたので。その経験を活《い》かしてるだけですよ」

会長は納得しなかった。

「瑠亜さんは高屋敷家の令嬢として、人気アイドルとして、異常なほどの権力を持っているわ。しかし、その近くにいた貴方もまた〝異常〟だったということね」

「さあ。――でも、そんなことより」

俺は話題を変えた。

「特待生をあんな風に増長させてるのは、例のバッジ制度ですよ。生徒会には、早急に改善を求めたいですね」

会長は痛いところを突かれたように視線を逸《そ》らした。

「完全下校時刻よ。二人とも早く帰りなさい」

すでに外は薄暗くなっている。

窓から見える他の教室には明かりが点《とも》っていた。

コツコツと律動的な足音を響かせて、美貌の生徒会長は去って行った。

◆

「はぁ～～～～～」

甘音ちゃんが俺の肩にもたれかかってきた。

緊張が解けたようだ。

「ありがとう和真くん。もしあなたが来てくれなかったら、どうなっちゃってたか……」

「もっと気をつけなきゃね。甘音ちゃんは、モテるんだから」

「わたし、和真くんだけにモテたいな」

「無理だね。そんなに可愛《かわい》いんだから」

「……いじわるぅ」

ん、と甘音ちゃんが正面から抱きついてきた。

また甘えてるのかなと思ったけれど、違った。

俺の背中に回された手が、ぶるぶる、震えていたのだ。

……本当に怖かったんだな。

前髪の隙間から覗く大きな目の端に、涙が浮かんでいた。

そっと指先で拭《ぬぐ》ってあげた。

甘音ちゃんの腕に力がこもった。

彼女との距離がゼロになった。

「今度は、ほっぺじゃ、やです」

声は甘えていたけど、その目は本気だった。

「昼間の今で？　それは普通なのかな」

「普通ですよ。わたしと和真くんだけの、『普通』」

もう誤魔化せないと思った。

気弱な彼女の、精一杯の本気を、受け止めなくてはならない。

覚悟を決めよう。

背が低い彼女は、ん、ん、と頑張って背伸びしている。

少し体をかがめて、届きやすいようにして——。


「ン……むぅ」


突き出されたサクランボを優しく食《は》む——。

そのつもりが、やっぱり「はじめて」じゃ上手《うま》くいかなかった。

俺の前歯と、彼女の前歯がぶつかって、ゴツンと音を立てた。

痛かったはずだ。

それでも彼女は、腕の力を、ほんの少しも緩めなかった。

唇と唇が磁石になったみたいに、しばらく、二人でくっついていた。

……。

………。

…………ふう。

「わたひ、ほの痛み、一生忘れまふぇん」

くちびるを押さえながら、甘音ちゃんは涙まじりの声を出した。

「ごめん。上手くできなくて」

心の底から謝った。

やっぱり俺は普通以下だと、そう思わずにいられない。

甘音ちゃんのためにも、早く「普通」にならなくては。

「いいんです。これから、二人で上手くなっていけばいいんですから。……えへへ」

彼女は恥ずかしさを隠すように笑った。

「そ、それにしてもっ、どうして会長が来てくれたんでしょう？」

「ああ、俺が呼んだ」

「えっ、どうやって？」

「生徒会のアドレスにメールを送った。彼女だけがわかる暗号でね」

「暗号？」

きょとんとする甘音ちゃんに、俺は言った。

「『黒い蝶が、一年生棟の空き教室に迷い込んでます』って」

胡蝶会長には、申し訳ないけれど。

やっぱりあの刺激的な光景は、忘れられなかったのだ。

◆

翌朝。

俺はいつもより一時間早く登校した。

地下書庫で読みたい本があったのだ。

六月だというのに、よく晴れていた。

今年は空梅雨《からつゆ》らしい。

雨が降らないのは良《い》いことだ。地下書庫は湿気が強くて、本が傷む。この学園は金持ちなのに、本を大事にしない。運動部に回す予算の十分の一でいいから、書庫に回してくれたらいいのにな。

校門をくぐると、右手に昇降口、左手に総合グラウンドが目に入る。

他のグラウンドでは運動部が朝練中だが、総合グラウンドはがらんとしている。

ここは一般生徒が体育の授業で使う他は、実績に乏《とぼ》しい部活が共同で使う。今朝はどこの部も使っていないようだ。

そんな寂しいグラウンドに、ぽつんと——。

見覚えのある銀色の髪が揺れている。

彼女はジャージ姿でしゃがみこんで、何やら作業をしているようだった。

「おはようございます、胡蝶会長」

声をかけると、北欧ハーフの美少女は驚いたように立ち上がった。

ハイボリュームかつ形の良い胸が、ジャージのなかでその存在を主張して揺れる。

「いつのまに近づいたの？　全然気づかなかったわ」

「よく言われます。影が薄いって」

「足音もしなかったわよ……。いったいどういう歩き方してるの？」

「普通ですよ。そんな、忍者じゃあるまいし」

受け流して、話題を変えた。

「こんなところで、何をしているんですか？」

「……別に。なんでもないわ」

会長の手は砂まみれだった。

繊細な白い指が、爪まで汚れている。

俺の視線に気づくと、会長は恥ずかしそうに手を後ろに隠した。そんな仕草をすると、高校生離れした近寄りがたい美貌がちょっぴり幼く見える。全校生徒憧れの的、というのも頷ける可憐さだった。

彼女の足元には、ビニールの袋がある。

そこには、たくさんの小石が詰まっていた。

「グラウンドの石拾いですか。こういうのは、業者の仕事なんじゃ？」

「業者は他のグラウンドで手一杯で、ここには滅多に入らないのよ」

「予算をケチッているんですか？　帝開学園ともあろうものが」

「わざとそうしているんでしょう。実績を上げた部と、そうでない部の差をつけるために」

なるほど。いかにもブタの一族がやりそうなことだ。

「それにしても、会長みずから石拾いですか」

「誰かがやらなきゃいけないのよ。現に先月、陸上部の生徒が尖《とが》った石を踏んで怪我をしたことがあってね。……実績はなくとも、みんな頑張っていたのに」

会長は軽く頭を振った。

話しすぎたことを後悔しているようだ。

「さあ、もう行きなさい。今話したことは、誰にも言わないで」

また地面にしゃがんで、石を拾い始めた。

この広大なグラウンドの小石を全部拾うなんて、いったいどれだけの時間がかかるのだろう。どれだけの労力がかかるのだろう。誰にも言わず、人知れず、たったひとりでやり遂げようというのか。誰もほめてはくれないだろうに。


「す、鈴木君？」


会長が驚きの声をあげた。

俺がしゃがんで、石を拾い始めたからだ。

「二人でやった方が、早く終わりますよ」

「……馬鹿ね。そんなことをしても、バッジはもらえないわよ。貴方、瑠亜さんに睨まれているんだから」

「いいじゃないですか。このエリート学園に一人くらい、そんな馬鹿がいたって」

会長はしばらく無言で、石を拾う俺を見つめていた。

それから——。

「いいえ。馬鹿は二人よ」

彼女も並んで石を拾い始めた。

こうして俺は、朝のひとときを、美人の先輩と二人きりで過ごしたのだった。

◆

翌日の昼休み。

俺は甘音ちゃんと一緒に、ひさしぶりに学食を訪れていた。彼女が今日は弁当を作ってこられなかったので、たまには良いかということになったのだ。

学食はあいかわらず激混みである。

帝開学園の学食はカネさえ出せば一流レストラン並の食事ができる。その一方で、食べ盛りの運動部が喜びそうなメニューも充実している。一番安いメニューが讃岐《さぬき》うどんの百五十円。牛丼が二百五十円。美味《おい》しくて量もあるから、貧乏人の味方でもある。

グラウンドや体育館では、成果をあげた生徒とそうでない生徒を明確に「差別」するこの学園にあって、学食だけは、分け隔てなく美味しい食事を提供してくれる。まさに帝開の良心《オアシス》というべき場所なのだった。

　俺はハンバーグ定食、甘音ちゃんはサバの味噌煮《みそに》定食のトレイを持って、食堂内をうろつくこと五分。ようやく二人分の座席を確保した。

　しかし——。


「はい、和真くん。あーんして？」


　満員の学食の片隅で、甘音ちゃんが俺にハンバーグを食べさせようとしてくる。

　先日、浅野たちから助けてからというもの、甘音ちゃんはますます積極的になった。もう、人目も憚《はばか》らずイチャイチャしてくる。モテた経験のない俺としてはどうにもこうにも、気恥ずかしい。

「いや、自分で食えるから」

「ふふ。照れることないのに。こんなの『普通』ですよ？」

　周りの生徒たちが、こちらをチラチラ窺っているのを感じる。

　これは、どう考えても、「普通」じゃないような……？

　甘音ちゃんはもう、この学校の有名人だ。サインが欲しそうな顔をしている者、俺をうらやましそうににらんでいる者、小さな背丈《せたけ》に似つかわしくない胸を凝視してる者、羨望・嫉妬《しっと》が俺たちを取り囲んでいる。

「あ。和真くん、頬におべんとついてます」

いつのまにかついていたらしい米粒を、甘音ちゃんはひょいとつまんで、ぱくっと食べた。周りの男子から「あぁ……」みたいなため息が漏れる。食べていたうどんを噴き出す者、トレイに突っ伏して味噌汁に顔を突っこむ者まで出る始末。もう、大騒ぎだな。

その時——。

急に学食が静まりかえった。

さっきまでうらやましそうにしていた連中の顔が青ざめる。

長年培《つちか》った俺の「危機察知センサー」にも、ピンと来た。

これは——。

「はい、和真くんっ。野菜も食べなきゃだめですよ♪」

今度はニンジンを食べさせようとする甘音ちゃんの背後に、ヌッと影が差した。

影は甘音ちゃんの後頭部をつかむと、

「そォイ!!」

と、いう掛け声とともに彼女の顔をサバの味噌煮にダイブさせた。

「んにゃあ!!」

甘音ちゃんの悲鳴と、飛び散る味噌と小骨が交錯するなか――。

その「影」は腕組みをして無い胸を反《そ》らした。

ぺったーん。


「ごきげんよう、カズ！　来てあげたわ!!」


「……」

ブタさん、ひさしぶりのご登場である。

その右の頰には、なんか知らんが、でっかいナルトが貼りついている。

「…………」

「…………」

頰を差し出すようにアピールしながら、キラキラした流し目で俺を見つめてくる。

え、なにこれ。

もしかして、さっきの甘音ちゃんのマネをしろと？

「ねぇカズ、はやくぅぅぅ～～～!!」

「なんで、俺が？」

「うふん。そろそろ、懲りたんじゃないかと思って」

ばっちーん☆と片目をつむるブタさん。目にホコリでも入ったのかな？

「無印のつらさ、この一週間でよ〜くわかったでしょ？　そこの前髪ウザスダレも、なんか危ない目に遭ったらしいじゃん」

白々しい。

お前が襲わせたくせに。

「だからさぁ、ホラ。仲直りしよ？　このナルトはその印よ。ちゃぁんと食べてくれたら、ぜーんぶ水に流してあげるっ。銀バッジ、ううん、金バッジになれるよう、お祖父《じい》さまに掛け合ってあげるから！」

「…………はぁ」

仕方ない。

俺はブタのほっぺについたナルトを、つまんで取ってやった。

「ウフフ。カズったら、やっぱりアタシのこと……♥」

なんかクネックネしているブタさんを無視して、ポケットティッシュでそのナルトを包み、後ろのゴミ箱にポイッと捨てた。

「……!?」

　それを見たブタさん、口をあんぐり、でっかく開く。ゴミ箱よりでかい。ここに捨てれば良かった。

「ど、ど、ど、どーして食べてくれないのよッ⁉」

「ダイエット中だから」

　ナルトのカロリーが何キロか知らないが、とりあえず適当を言った。

　ようやく立ち直った甘音ちゃんが、顔をハンカチで拭《ふ》いている。前髪にはサバの骨がついたままだ。

「な、何をするんですかぁっ瑠亜さん！」

「アンタがアタシのモノに手ェ出すからでしょうが、このドロボー猫‼」

「和真くんはモノじゃないです！　だいいち、瑠亜さん嫌われてるじゃないですか！」

「きッきききききき嫌われてないわよ失礼ね⁉　カズは、そう、照れてるだけ！　アタシのことが好きすぎてついイジワルしちゃうお年頃なのよ！」

　お互い目を血走らせて、にらみ合う二人。

　ブタはいつものことだけれど――甘音ちゃん、成長したなあ。

　ほんの一カ月前なら、ブタににらまれただけで竦《すく》み上《あ》がっていたのに。今じゃもう、こんな風に対等ににらみ合うことができるようになっている。

　ふと周囲を見渡せば、辺りには人だかりができていた。

たくさんの生徒がこちらに注目している。

さっきまでは羨望と嫉妬まみれだった視線に、今度は「驚愕《きょうがく》」が混じっている。

――まぁ、無理もない。

金バッジ中の金バッジ、この学園のボスであり、スクールカーストのトップに立つ「高屋敷瑠亜」が、無印の俺たちに自分から絡んできているんだからな。

いわばブタは、自分が作った秩序《ルール》を自分で破壊しているわけで。

例の実験で例えるならば、「刑務所所長役」であるブタが、「囚人役」であるはずの俺に阿《おもね》っているわけで。

「……ふむ」

件《くだん》のバッジ制度、そろそろぶっ壊してやりたいと思っていたけれど。

案外、ここに解決策があるかもな――。

と、その時である。

「おい、ふざけんなよッ！」

汚い怒鳴り声が聞こえてきた。

振り向けば、先日ケンカをふっかけてきた柔道部特待生・赤鼻《アカハナ》が、眼鏡をかけた生徒の胸ぐらをつかんで持ち上げていた。

眼鏡くんは苦しそうに顔を歪め、バタバタと足を宙で動かしている。

彼は銀バッジだ。

「何えらそうに座ってんだよ。え？　銀のくせによォ！」

「ご、ごめん、気づかなかったんだ。ホントに」

「そんな言い訳通じるかよ！　オレが席探して、目の前通ったってのによ。わざと無視したんだろうてめえ！」

赤鼻の怒りは収まらない。

怪力を発揮して、ますます眼鏡くんの首を絞め上げる。彼の顔色は、真っ赤を通り越して真っ青《まさお》になっていた。

周りの生徒たちは、誰も止めない。

金バッジはニヤニヤと、銀バッジはこわごわと、その光景を見守っている。

俺はブタに言ってやった。

「おい。生徒会役員」

「なあに？　カズ。ハグならだめよ♥　これでガマンして？」

とか言いながら、俺の手を握ってくるブタ。何これ。握撃？

振りほどいて会話を続けた。

「あれ、止めなくていいのか。ケンカだぞ」

ブタさんはブヒッと鼻息をひとつ。

「ま、ボーリョクは良くないわよね。でもまぁ、しかたないんじゃない？　銀が金に敬意を払わなかったんだから。電車で年寄りに席を譲らないヤツと一緒よ」

「とても年寄りには見えないぞ、あれ」

赤鼻は百九十センチに届こうという巨漢である。この前はすぐにバテてたし、むしろ立って足腰を鍛えたほうがいいんじゃないか。

「ものの例えよ、例えっ。カズったらすーぐアタシをからかうんだから。なに？　またお得意の『愛情の裏返し』？」

「裏も表も無関心しかないが」

「もォ！　なんでそこで『そうだね瑠亜。愛してるよ』って言えないのっ？　意気地《いくじ》なし！　もしくは照れ屋！　ウフフのハァン♪　アタシのこと好きすぎてウケるｗｗｗ」

「…………」

ダメだこりゃ。

その時、凜とした声が響き渡った。

「やめなさい‼」

人混みの中から現れた銀髪の美少女に、生徒たちの目が惹《ひ》きつけられる。

我らが生徒会長・胡蝶涼華。

その大人びた美貌に怒気を露《あら》わにしている。

つかつかと歩み寄り、赤鼻の前に立ち塞がった。

「彼を放しなさい」

「……ッ」

「放しなさいと言ったのが聞こえないの⁉」

赤鼻は渋々と眼鏡くんを解放した。

ゴホゴホと咳をする彼にハンカチを渡して、会長は赤鼻をにらみつけた。自分より頭一つぶんも高い相手を見上げ、鋭い視線を射込む。

「彼に、謝りなさい」

「は？　なんでオレが」

「貴方が彼に理不尽なことを言ったんでしょう。謝りなさい」

「理不尽？」

赤鼻は不思議そうに会長を見返した。

やつは、恐ろしいことに——自分がした行為を「理不尽」とは感じていないようだ。

「自分は金バッジの特待生なんだから、席を譲られて当然だろ？」。そんな風に感じているのだ。

つまり、やつの主観では、理不尽を言ってるのは会長のほうだということになる。

相手が女子で先輩でなければ、きっと腕力に訴えていただろう。

しかし、威厳と貫禄《かんろく》では、やはり会長のほうに分がある。

「さあ。どうしたの。その大きな口は飾りかしら？」

「……チッ……」

渋々と赤鼻が頭を下げようとしたその時、ブタさんがブッヒブッヒと割って入った。

「謝る必要ないわよ、赤鼻」

「る、瑠亜ちゃん！　……へへへ」

媚《こ》びるような笑みを赤鼻は浮かべた。ていうか、お前のあだ名やっぱり「赤鼻」なのな。

「謝らなくていいわ。席を譲らなかったその眼鏡が悪いんだから！」

自信満々豚饅頭《ぶたまんじゅう》に言い放つブタさんに、さすがの会長も鼻白む。

ブタVS.蝶。

すごい対戦カードだ。

……ていうか。

なんかブタさん、会長のこと、すっごい目でにらみつけている。

敵意丸出しである。

例の全校集会の時から思っていたけど、この二人、なんか確執でもあるのか？

「で、出鱈目《でたらめ》なこと言わないで。何故彼が席を譲らなきゃいけないの」

「そんなの決まってますよォ、胡蝶会長」

コロッと表情を変えて、ブタは気色悪い猫撫《ねこな》で声《ごえ》を出した。ブタなのに猫とはこれいかに。

「赤鼻くんは特待生で、放課後もハードな練習を控えてるんですぅ。昼休みくらいゆっくりご飯を食べて、英気を養ってもらうのが、この学園のためじゃないですかぁ」

「だったら満員の学食なんかこないで、教室で食べればいいわ」

「えーっ、それはひどいですよぉ。ね、赤鼻？」

赤鼻は勢いこんで頷いた。

「オレ、今日は弁当持ってきてないからな！」

もちろん、こんなのはただのワガママである。「アホなこと言うな」のひとことで済む話だ。普通の学園ならばそうだ。

しかし、この理屈が通ってしまうのが今の帝開学園。

見守っている生徒たちの顔が、それを物語っている。

金バッジはブタに味方して「そうだそうだ」と頷いているし、銀バッジは気まずそうに、あるいは無気力にうつむくばかり。当事者の眼鏡くんすら、助けてくれた会長から目を背けている。

金が上級、銀が下級。

このレッテルは、金に自信を与え、銀からは奪うのだ。

「話にならないわ」

理不尽なルールにひとり抗《あらが》うかのように、胡蝶会長は首を振った。

だが、ブタの登場で変わってしまった空気はいかんともしがたい。

高屋敷瑠亜がこの学園のドンであることは全校生徒が熟知している。

それは、相手が天才の誉《ほまれ》高い生徒会長でも変わらないのだ。

さっきまでシュンとしていた赤鼻は、今や上から目線で会長を見下ろしている。ニタニタと、制服の中に隠すにはあまりに大きすぎるバストを鷲《わし》づかみにするかのような目つきで鑑賞している。知能も品性もケモノ丸出しだな。

じっと成り行きを見守っていた甘音ちゃんが、俺の耳元でささやいた。

「和真くん、今のうちに逃げましょう。とばっちりが来るかもしれません」

彼女の言う通りだった。

なにしろ俺たちは「無印」だ。銀バッジより下とされている。スクールカーストの最下層、どんな理不尽が襲いかかるかわからない。

だが——。

「会長には、空き教室で助けてもらった借りがあるんだ」

借りは返さなきゃ、だろ。

「甘音ちゃん、先帰ってて」

「えっ？　えっ？　か、和真くんっ？」

彼女の肩を叩き、ついでに前髪についたままだったサバの骨を取ってあげて。

戦場の真《ま》っ只中《ただなか》へと、俺は歩いて行った。

◆

火花散らす生徒会長とブタの元へ歩み寄りながら、俺は頭の中で考えを巡らせた。

今回の「バッチ制度」をぶっ壊す鍵となるのは、やはりあのブタさんだ。

あいつは、いったい何を考えているのか？

もともとこの学校でもっとも権力を持つ高屋敷瑠亜が、わざわざこんなシステムを作る必要はない。後押しした学園理事長の思惑《おもわく》は何かしらあるにしても、ブタさんにも何かメリットがあったはずだ。

ここ最近のブタさんの行動を振り返ってみよう。

胡蝶涼華会長の反対意見をはねのけ、自分のルールを押し通した。

手下の特待生たちをそそのかして、声優の卵・湊甘音を襲わせた。

ブタさんが今、目の仇《かたき》にしているのはこの二人ということになる。

甘音ちゃんを憎むのはわかる。

ライブイベントで恥をかかされたことを逆恨みしているからだ。

……だが、思えばそれより以前から、ブタは甘音ちゃんを嫌っていた節がある。甘音ちゃんを教室から追い出したのは、イベントより前の話なのだ。格下と組まされた屈辱からの犯行と思っていたが、もしかしたらそれだけじゃなかったのか？

そして、会長のほうは？

何故ブタは、会長を憎む？

俺が知る限り、会長が何か揉《も》めごとを抱えているという噂は聞かない。

そんなトラブルを起こすような人ではないのだ。

ブタが一方的に敵視しているだけじゃないのか？

だとしたら、その理由はなんだろう？

実は――。

俺にはひとつ、仮説がある。

「多分、これじゃないか？」という、仮説が。

甘音ちゃんと会長、二人の「共通項」を考えれば、おのずと浮かび上がる事実があるのだ。

「いい加減にしろよ。瑠亜」

二人のあいだに割って入り、ブタの名前を呼んでやった。

「カズっ。ひさしぶりにアタシの名前、呼んだわねっ♥」

この状況にもかかわらず、目の中にハートマークを飛ばすブタさん。乏しい脳みそを発情に振り切ってやがる。

「……鈴木君、貴方……」

胡蝶会長は、その切れ長の目を見開いている。

どこかホッとしたような色があるのは、議論が劣勢だったという自覚があるからか。

見守っているギャラリーからは、露骨な野次《やじ》が飛んだ。「無印のくせに口を挟むのかよ」「最下級が、出しゃばるな！」などなど。その目はゴミを見るかのようだ。俺の人権、めちゃくちゃ踏みにじられてるな。

さて――。

「なぁ瑠亜。お前の言ってることは、おかしいぞ」

「な、何がよっ？」

「銀バッジが金バッジに席を譲ったりするのは、〝強制〟じゃないって話だったよな。お前自身が、生徒集会でそう言っていたじゃないか」

「……それは、まぁ、そうだケド」

「でも、お前が今話してるのは、強制以外の何物でもない。そこの赤鼻は、眼鏡くんが席を譲らないからって、暴力まで振るったんだぞ。強制してるじゃないか」

ジロリとにらむと、赤鼻は露骨にひるんだ。

「い、いや、オレは強制なんて……」

「胸ぐら、つかんでたじゃないか。なあ？」

眼鏡くんに尋ねると、彼はおそるおそる頷いた。

「まぁ、ボーリョクはだめよね。腕力が強いほうが勝つっていうんじゃ、オモシロくないし。てか、アタシが威張れなくなるし」

ブタも同意した。これについてはさっき言質《げんち》を取っている。ブタは自分がふるう暴力は構わないが、他人がふるう暴力には厳しい。骨の髄までセルフィッシュ。

そういうブタの性格は、俺が一番よく知ってる。

そこをついてやる。

「だけどな瑠亜。なあ、聞いてるか、瑠亜」

「聞いてるわよ、カズっ」

瑠亜、瑠亜と、何度も名前を呼んでやった。

するとブタさん、とろーんと目をとろけさせて。ひさしぶりに呼ばれるのが嬉しいらしい。うーん単純。……会長が少し傷ついたような顔で俺をにらんでるけど、何故だ？

「お前が赤鼻をかばうってことは、暴力と強制を容認してるってことだぞ」

「してないわよ。アタシは〝善意で〟席を譲ってあげてって言ってるだけで」

「いいや。それは強制だ」

「ハァ？　意味わかんない。強制と善意の境目ってなによ」

「そこに〝感謝〟があるかどうか」

俺は赤鼻をにらみつけた。

「お前、眼鏡くんに感謝してるか？」

「…………いや、そりゃ、まあ」

「だったら、頭を下げろよ。席を譲ってくれてありがとうって、ほら。今からでも」

赤鼻は逃げるように視線を逸《そ》らした。

「言えないんだな？」

「な、なんで特待生のオレが、一般のヤツに頭を下げなきゃいけねえんだよっ。オレは特待生だぞ⁉ 学校から期待されてるエリートなんだ！ なんでこんな、クソ虫にッ！」

はい。本音《ほんね》ゲット。

みんな、聞いたな？

俺は声を張り上げた。

「もう、このバッジ制度はやめたほうがいい」

学食は静まりかえり、みなが俺に注目していた。

「このまま行ったら、取り返しのつかないことになる。この赤鼻みたいな、思い上がった自称エリートの醜い姿であふれかえってしまう。お前ら、部活でいつも言われてるだろ？『感謝を忘れるな』って。部活のメには必ず『ありがとうございました』って言うだろ。偉大な名選手は感謝を忘れないって、聞いたことあるだろ。学生の時から思い上がって、スポーツでも勉強でも成長できるのか？」

今や、金バッジたちも俺の言葉に聞き入っていた。

特待生になるくらいだから、彼らは一流のアスリート、優等生たちだ。

浅野や赤鼻のように、腐ったエリートばかりではない。

感謝の大切さは、指導者から叩き込まれているはず。

バッジの魔力のせいで忘れていたそれを、ちょっと思い出させてやればいいのだ。

「たとえば――俺の知ってる人に、こんな人がいる。誰に頼まれたわけでもないのに、人知れず、総合グラウンドの整備をしてくれているんだ。朝早くから、綺麗な手を真っ黒にして、腰を折り曲げて。そういう人が、この学園にはいるんだよ。もし感謝を忘れたら、そんな『優しい人』がいなくなってしまうぞ」

胡蝶会長が、かすかに鼻をすすった。

その瞳が潤《うる》んでいる。

目元を赤らめて、俺のことを見つめていた。

その時、ずっと黙り込んでいた眼鏡くんが声を上げた。

「ぼ、僕、家が貧乏だからっ。今からでも勉強がんばって、瑠亜さんが言うように特待生になろうって思って……さっきも、単語帳めくりながらご飯食べてたんだっ。だから、彼がいたのに気づかなかった。もし気づいてたら、ちゃんと席譲ったよ！　特待生のこと、尊敬してるんだから！」

俺は彼の肩を叩いた。

「立派だな。俺はお前を尊敬する」

眼鏡くんは頰を紅潮させた。

「聞いたか、瑠亜」

「………………っ」

「お前、集会で言ったよな。このバッジ制度は一般生徒に発奮してもらうためのものだって。さすが高屋敷瑠亜。お前の考えは正しい。彼はちゃんと、がんばってるじゃないか。その努力の邪魔をするのか？」

「……そ、それはっ……」

もごもごとブタさんはうつむいてしまう。

「け、けどっ‼　それとこれとは話は別っ‼　この制度は、お祖父さまだって賛成してくれたんだからっ！」

「じゃあ、お前から頼んでくれよ。もうやめようって。あの爺さん、お前には甘いから大丈夫だろ」

「言うわけないでしょっ！　ばか！　ばかばかカズのばか！　うんこたれ！」

うんこたれ、いただきました。

これが出たら、精神的に追い詰められてる証拠である。

世論はすでに、俺に傾《かたむ》いている。

傲慢発言した赤鼻に対して、銀バッジばかりか、金バッジまでが非難の目を向けている。

彼らの内心をひとことで言えば、こうなるだろう。


『　お前と一緒にされたくない　』


赤鼻はそれに狼狽《うろた》え、ブタの後ろに隠れるようにでかい体を縮こまらせる。

「お、お前ら、なんだってんだよ？　同じ上級の仲間だろ？　そんな目で見るなよ」

「…………」

「見るなって、言ってんだろ！　やめろォ！」

馬鹿が。

ああ言ったら、金バッジの賛同を得られると思ったんだろう？

逆だよ。

金バッジたちは、お前の中に己の傲慢さ、醜さを見てしまった。

感謝を忘れて暴走した、見たくない自分を見てしまったんだ。

鏡で自分の醜い姿を見せられたら、誰だって目を背けたくなる。「俺たちはここまで醜くない！」。そう思わせてしまったんだ。

……まあ、そうなるように、俺が誘導したんだが。

ともかく、お前は失敗した。

柔道で体だけじゃなく、「心」も鍛えるべきだった。

ひとりぼっちになって、一からやり直せ。

「と、ともかくっ、バッジ制度は、まだ続けるからっ」

ブタさんはまだ意地を張っている。あいかわらず強情なことだ。こいつは赤鼻とは違う。他人の目なんて気にする必要のない学園の女王だ。意地を張り通すだろう。

このブタを落とせば、俺の勝ちとなる。

さあ。

最後の仕上げだ。

「なあ、瑠亜」

俺は元・幼なじみのブタさんに歩み寄った。

こいつにだけ聞こえる声で言った。

「もういい加減、意地を張るのはよせ」

「ど、どういう意味よ?」

「こんな大がかりなことをしてまで、甘音ちゃんを追い詰めることはない。会長を敵視する必要もないんだ」

ブタさんはぎくり、と肩を竦ませた。

「だ、だだだ、だから、どーいう意味よっ？」

この期《ご》に及んで、シラを切るらしい。

ちらっと視線をやれば——会長があいかわらず俺のことを見つめている。

不安からか、自分の体を抱きしめるようにしている。そのポーズは、まずい。はちきれんばかりの「スイカ」が、強調されてしまう。

さらに視線を転じれば、甘音ちゃんがじっと俺のことを見守っている。

やっぱり、会長と同じようなポーズで、ブラウスの中に閉じ込められた見事な「メロン」が、くっきりしてしまう。

再び、ブタさんに視線を戻そう。

そこにあるのは、ぺたーんとした絶壁。

例えるなら……なんだろう。

干し柿？

「言っておくけどな、瑠亜」

「…………」

「女の価値は、胸の大きさじゃ決まらないぞ」

「！！！！！！！！！♥♥♥♥♥♥♥♥♥♥♥♥♥♥♥」

たちまち、ブタさんの瞳に♥が乱舞した。

すっきりした顔で「とーぜんでしょッ！」と頷き、金色の髪をさらりとかきあげる。

「しかたないわね！　カズがそこまで言うなら、頼んでみてあげるッ！」

「ああ。そうしてくれ」

学食が、ぽかんとした空気に包まれる。

さっきまで心配そうにしていた会長も、甘音ちゃんも、口を大きく開けて立ち尽くしている。いったい、何が起きたの？　みたいな顔をして。頭の上に、たくさんハテナマークが浮かんでるみたいだ。

――こうして。

後日、校内サイトにて「るあ姫、食堂にて大岡《おおおか》裁き」「女王ゆえの寛大な心をお示しになる」という美談となった事件は、ひとまずの決着を見たのであった。

◆

【ほぼ毎日投稿】るあ姫様が斬る！　～わきまえなさいッ～❤
チャンネル登録者数112万人

『はろはろ～ん、ヨウチューブ！』

『〝るあ姫〟こと、瑠亜でぇーっす！』

『今日はねぇ、サイっコーなイベントがあったから、みんなにも聞かせてあげる！』

『ずーっと、アタシに気のない素振りを続けてた〝女友達〟がねッ、ようやく白状したの！』


『本当はアタシのこと大・大・大好き！　だって♥』

『くふふ。今までずーっと痩《や》せ我慢してたのねッ』

『まったく、無駄なテーコーを。アタシの魅力に抗えるわけないのに。わきまえなさいッ！』

『でもねぇ、このるあちゃんサマ、そう簡単にはオチないからっ』

『ここでさらに焦《じ》らして、焦らして、焦らしまくって――アイツを泣かせてやるッ』

『もうダメです瑠亜様ボクがまちがってました許してください！」って泣きつくまで、許してやんないんだからッ』

『実はね、そのための作戦も、もう考えてあるのよう』

『みんな、楽しみにしててねん♪』

『ぐふふふふ。あはははは。ハーッハッハッハッ‼ ッシャッシャッシャア！』

【コメント欄　１９４２】

テーブルかけ・１分前
最後の笑いやべえｗｗ

るあ様のしもべ２号・１分前
姫様がゴキゲンでなによりです！

ルノアール・１分前
麗しい女の友情に涙がとまらない

ヨツンバイン・1分前
もっと百合《ゆり》百合して！
真実の狂信者・1分前
ほんとに女友達なの？

◆

翌日の朝。

先日と同じく一時間早く登校すると、総合グラウンドにまたもや銀色の髪が揺れていた。

ジャージ姿すら麗しい、我らが生徒会長。

今日も一人きりで、生徒のために石を拾っている。

「おはようございます」

「おはよう」

隣にしゃがんで石を拾い始める。

会長は何か言いたそうに俺を見たが、結局そのまま作業を続けた。

無人のグラウンドで、蝶のように麗しい帰国子女と二人きり。

しばらくして――。

「ねえ、鈴木君」

「和真でいいですよ」

会長ははにかむように頬を染めた。

「じゃあ、私のことも涼華で。ね？　和真君」

「わかりました。涼華会長」

「会長、もいらないのだけど……」

なんて、少し残念そうな顔をする。

「昨日の放課後、臨時生徒会を開いて話し合ったの。例のバッジ制度は廃止することになりそうよ」

「さすが。動きが速いですね」

「瑠亜さんったら、あの後すぐに理事長室に駆け込んだらしいわ。あのワガママなお姫様が、誰かさんの言うことは聞くのね？」

「ふうん。誰かさんね」

あのブタが、他人の言うことなど聞くはずはない。

俺がやったことは、ブタ自身でそう判断するよう、仕向けただけだ。

「臨時生徒会は、貴方の話題で持ちきりだったわ。どうして彼が無印なんだって。それもあって、バッジ制度は意味ないってことになったみたい。……本当、何者なの、貴方は」

「見ての通り、普通の高校生です」

会長は手を休めて、俺の顔をまじまじと見つめた。

俺が見つめ返すと、恥ずかしそうに少し視線を傾けて——。


「和真君は……その、胸の小さな子が、好みなの？」

「いいえ。大きいほうが好きですよ」

「……え？」

「男って『普通』はそうなんじゃないですか？　わからないけど」

会長は呆《あき》れたように小さく口を開いた。

「じゃあ、瑠亜さんに言ったのは嘘？」

「さあ。なんのことやら」

「………。やっぱり怖い人ね、貴方」

形の良い唇から、ため息が漏れる。

「でも、どうしてかしら。今はとっても、貴方のことが気になるの……」

会長の熱い視線を頬に感じる。

「馬鹿同士ですからね。俺たち」

「……ええ。本当、馬鹿ね」

言葉と裏腹に、その声は優しかった。

――こうして俺たちは、一限目の予鈴が鳴るまで石を拾い続けた。

新たな朝の日課になりそうである。

◆

放課後。

いつものように地下書庫で、甘音ちゃんのボイトレに付き合っていたところ――。

「和真君。お邪魔するわ」

なんて言いながら、女子高生起業家兼生徒会長が入室した。

スイカを包み込むブラウスの胸にはもう、金色のバッジはない。

「噂には聞いていたけれど、こんなところを溜まり場にしていたのね」

物珍しげに、ぎっしりと並ぶ本棚を見回している。

そんな彼女に、甘音ちゃんが険しい視線を向ける。

「わたしたちの部屋に、何か御用ですか？」

「〝たち〟？」

甘音ちゃんの視線を、会長は冷たい瞳で迎え撃つ。

「ここは学校の施設であって、一部生徒の私的な場所ではないわよ」

「追い出そうっていうんですか？」

「貴方、声優の湊甘音さんよね？　人気急上昇中らしいけれど、お仕事は？」

「放課後はここで練習するって決めてるんですっ！　和真くんとっ！」

甘音ちゃんは俺の腕を取り、しがみついた。

会長は怯んだ様子もない。

「貴方たち、正式に交際しているの？」

「そういうわけじゃないですけど……き、キスはすませてます！」

おいおい。

しかし、会長は余裕の態度を崩さない。

銀色の髪を涼やかにかき上げて——。

「キスごときで、占有権の主張？　可愛いわね貴方」

「なっ⁉」

「そんなもの、帰国子女の私には挨拶程度よ。こんな風に、ね」

もう一方の腕を取って、俺を引き寄せた。

ん、と声がしたと思ったら——なめらか・つややかな唇が、俺の唇に押しつけられた。

「いっ、いやあああああああああああ————‼」

豊かな声量で悲鳴をあげた甘音ちゃん、ぴきーんと固まってしまった。

白目を剝《む》いたままぴくりとも動かない。

……いや、そこまでショックなのか？

一方の会長はけろりとしたもので、

「ねえ和真君。本棚を案内してくれない？　貴方のお勧めの本が読みたいわ」

なんて言いながら、俺を書庫の奥へと引っ張っていく。

本棚の陰で、ぴったり体を寄せてきて。

ぼむん、とスイカの果肉を押しつけて。

頬を染めながら、甘えた声を出す。

「彼女にはあんな風に言ったけれど……実は、初めてだったの」

なんて、爆弾発言。

「見て。まだ膝が震えてるわ」

「…………」

「責任、取って頂戴」

すごい濡《ぬ》れ衣《ぎぬ》だった。

やれやれ。

なんだかまた、俺の周りに厄介事が増えたようだ。

――と、その時である。

「ごきげんようカズ！　アタシが来たわ!!　ていうか来てあげたわッ！」

またもや扉が開き、バァン！　と入室したのはブタさんこと、ブタ屋敷《やしき》ブタ亜。
いつもながらの自信満々余裕綽々《よゆうしゃくしゃく》な笑みを浮かべているのだが――。
今日は一人の男子生徒を連れていた。
彼は困ったような笑みを浮かべて、所在なげにしている。
無理やり連れてこられたのが丸わかりである。
俺の姿を見つけると、ブタさんは誇らしげに金髪を揺らし言い放った。

「ふふん！　カズ！　このアタシに新しい彼氏ができたわ!!」

……。

…………。

…………さて。

お勧めの本は、っと。

#4 〈普通だから演劇美少年(?)をサポートする。〉

S-kyu gakuen no jisho "Futsu", kawaisugiru kanojo tachi ni Guigui korarete Barebare desu.

「ふふん！　カズ！　このアタシに新しい彼氏ができたわ!!」

さて――。
涼華《すずか》会長にお薦《すす》めの本となれば、なんだろう。
帰国子女ということで、日本文学には馴染《なじ》みが薄かったんじゃないか。
だったら夏目《なつめ》、芥川《あくたがわ》あたりを挙げようか。
個人的には太宰《だざい》を薦めたいけど、結構人を選ぶしな。

「さあカズ！　嫉妬《しっと》しなさい？　ヤキモチ焼き焼きバーニングしなさいっ？　さあさぁ！」

並んだ背表紙とにらめっこしながら本棚を見て回る。

「会長、芥川は読んだことあります？」

「えっ？」

「芥川龍之介《りゅうのすけ》ですよ。『羅生門』とか『藪《やぶ》の中』とか」

会長はあわてて首を振った。何か他のことに気を取られていたようだ。

この人でも、そういうことがあるんだな。


「ふふ。カズったら無視しちゃって。効いてないアピール？　ウケるｗｗｗ　必死ｗｗｗ」


第三者の意見も聞いてみよう。

「甘音《あまね》ちゃんだったら何を薦める？　日本文学の中で」

「ふえ？」

甘音ちゃんは驚いたように目を丸くした。彼女もぼうっとしていたようだ。

「え、えーと、『走れメロス』とか？」

「太宰か。やっぱりそっちかな」

となると、俺が薦めたいのは「人間失格」あたりかな。

個人的には「トカトントン」や「カチカチ山」あたりも捨てがたいが……。

「ちょっとカズ！　いい加減にしなさいよッ」

後ろからシャツの背中をむんずとつかまれた。

振り向けば、そこには金髪キンキラキンのブタさんがブヒーッと鼻息荒く立っていた。

「なんだお前。まだいたのか」

「いたわよ当たり前じゃない！　さっきから大声で呼んでるでしょっ⁉」

さっぱり気づかなかった。

「で、なんだよ用事は」

「だから言ってるでしょうがっ！　このアタシに彼氏ができたの！」

「そうかおめでとう。式には呼ぶなよ」

さて、太宰太宰。どこの本棚にあったかなっと。

本棚を探しに行こうとすると、またもやシャツをつかまれた。

「まだ話は終わってないんだから！　ちゃんと聞きなさいよホントは気になって気になって仕方ないくせにぃいいぃいぃ‼」

ドンドンダダドン！　と地団駄を踏むブタさん。リズムを刻むな鬱陶《うっとう》しい。

このまま床を踏み抜かれでもしたらアレなので、話を聞いてやることにした。

「ようやく、素直になったようねっ」

ブタさんは連れてきた男の子を引っ張り出した。

彼は中等部の制服を着ていた。

色白で、華奢《きゃしゃ》で、栗色《くりいろ》の短髪がツヤツヤと輝いている。

顔立ちも整っていて透明感があり、ぱっと見は男子か女子か判断がつかない。

線が細くてナヨッとしている感じもあるが、そんな頼りないところがカワイイ、という女子もきっと大勢いるだろう。


「中等部三年、瀬能《せのう》イサミっていいます」


モジモジしながら挨拶してくれた。色が白いから、頬が赤いのが余計目立つ。

甘音ちゃんが声をあげた。

「瀬能くんって、あの、演劇部特待生の⁉」

「甘音ちゃん知ってるのか？」

「もちろん。学費も寮費も全部免除で、わざわざ遠くの県から転入させたそうですよ」

さすが声優、演劇畑のことには詳しいな。

「私も聞いているわ。演劇部が特待生を取るのは初めてだって。異例の大型新人ね」

涼華会長の耳にも入っているところを見ると、学園の期待は大きいようだ。

それだけの逸材ということか。

「そう！　そのイッザイが、アタシの彼氏なのっ」

ブタさんはますます鼻を高くした。

「昨日の放課後、カレにコクられちゃったのよね！　いたいけな青少年を惑わせてごッめぇ～ん☆　まぁ、アタシの魅力《ミリキ》から言ってしかたないことだケドっ。ねっイサミン？」

「は、はい……まあ……」

彼は苦笑いを浮かべた。どこか困ってるようにも見える。

それにしても……。

なんだか、妙だな。

彼が俺を見つめる視線が、変なのだ。

目つきが熱っぽい。

あれかな。ブタさんの元・幼《おさな》なじみってことで、警戒されてるのかな。

彼からすれば、俺を恋敵《こいがたき》のように思っているのかもしれない。

「イサミくんだっけ」

「は、はいっ」

「俺とこいつはもう、絶縁してるから。もうなんの関係もない赤の他人だから。心置きなく幸せになってくれ」

彼は「はぁ」と頷《うなず》き、またモジモジとした。

そんな風にしていると本当に可憐《かれん》というか、女の子顔負けの可愛《かわい》さだ。

いっぽう、まったく可愛くないブタさんは、

「くふふふ。まぁーたカズは無理しちゃって♪　嫉妬しちゃって♪　ジェラシックパークでシットザウルスに食われるといいわぁ！　ッシャヤッシャッシャ!!」

などと、意味不明な供述をしており。

「まァでも、安心しなさい。アタシもアイドルやってるわけだし、交際は秘密にしとくから。ナイショで付き合うから。でもまぁ、なにしろイサミンとはラブラブだしぃ、燃え上がる恋がアレでアレしちゃったら、わっかんないケドねっ！　あ〜カズ、それまでになんとかした方が〜、いいんじゃないカナ〜っ？」

えぐるような角度で俺を見上げるブタさん。カナ〜と言われても。どうしろと？

「じゃあ、今日のところはこれで帰るわ！　また来るから！」

来なくていいです。

「行くわよ、イサミンっ！」

「は、はいっ。瑠亜《るあ》さん」

彼はよろめくように後に続いた。

ブタさんが先に書庫を出てから、彼は急に引き返し、俺にとてとて近寄ってきて——。

「あ、あの、和真《かずま》せんぱいっ。ボクのこと、覚えてないですか？」

「どういう意味？」

「ボクは、ボクは……」

何かを言いかけて、彼は口を噤《つぐ》んだ。

扉の向こうで、ブタが「なにモタモタしてんの早く！」と呼んだのだ。

彼はしょんぼりと肩を落とした。

「……それじゃあ、失礼します……」

ぺこりとお辞儀して、今度こそ彼は去って行った。

「結局、あのお二人は何しに来たんでしょうか？」

甘音ちゃんが言うと、会長も首を傾《かし》げた。

「彼、様子がおかしかったわね。和真君の知り合いなの？」

「いやあ、記憶にないですね」

あんな美少年、一度会ったら忘れないと思うんだけどな――。

◆

それからしばらく、ブタさんによる「アタシ彼氏できたのよ」アピールは続いた。

人気絶頂アイドルに彼氏なんてバレたら一大事かと思いきや、ネットにもマスコミにも情報は出ていない。学園内にいる限り、高屋敷《たかやしき》家の情報統制が行き届いているようだ。

放課後はわざわざイサミくんを教室まで迎えに来させて、これ見よがしに腕を組み「校門まで一緒に行きましょ♪」とか。俺の方を見てニンマリ。そのたびにクラスの男子が嘆き、女子は黄色い悲鳴で、ちょっとした騒ぎが起きる。

「る、るあ姫っ。そいつなに？　彼氏なの？　付き合ってるのっ？」

「えー？　そーゆーわけじゃないけどォ、そー見えるぅ？」

なんて言いながら胸のまな板をイサミくんの腕にゴリゴリして、またも俺の方を見る。しかもドヤ顔。ああ網膜が腐れる。

無視するだけだから、俺はいいのだが——。

付き合わされるイサミくんがいささか不憫《ふびん》である。

うちのクラスのブタ親衛隊からは、すっかり目の仇《かたき》にされてしまった。

女子からもいろいろ噂《うわさ》されているようだ。

まだ中等部で、しかも転入生なのに、高等部の教室に一人で来るのは勇気がいるだろう。ブタさんはそういうのいっさい無視だからな。可哀想《かわいそう》。付き合ってるっていうより、捕食されてるって感じ。

それにしても——。

彼が教室に来るたびに、俺と目が合う。

熱っぽくて、どこかせつなげな視線で見つめてくる。

絶世の美少年にそんなまなざしで見つめられたら、なんだか妙な気分になる。なにしろ

外見だけなら、可愛い年下の女の子といっても通用するのだから。

最初は彼女《ブタ》の幼なじみである俺のことを警戒しているのかと思っていたが、どうも別の事情がありそうだ。

あれから記憶を掘り起こしてみたが、やっぱり「瀬能イサミ」なる少年に会ったことはない。そもそも他県から引っ越してきたらしいし、俺との接点など何もないはずだ。

なのに何故《なぜ》、あんなせつない目で俺を見るのだろう。

そんな風に、首をひねる日々が続いたのだが——。

◆

七月某日。

期末テストが終わり、いよいよ夏休みを間近に控えたある日の放課後。

俺は演劇部に呼び出されて、彼らが活動している学生ホールＤへ赴《おもむ》いた。

そこには細い目の三年生女子が待っていた。

演劇部の部長で、香川《かがわ》と名乗った。学校で一番身長の高い女子で、生徒集会などで何度か顔を見かけている。特別に美人というわけではないが、愛嬌《あいきょう》のある人だ。

「君が、ウワサの鈴木《すずき》和真くんね」

「ウワサかどうかは知りませんが、鈴木は俺ですよ」

香川部長はニコッと笑った。そんな風に笑うと、細い目が糸のようになる。

「声優の湊《みなと》甘音さんがブレイクしたのは、君のおかげって聞いたよ」

「まさか。彼女の力ですよ」

「その彼女自身から聞いたの。あの子、君のこと本当に尊敬してるみたい」

甘音ちゃん、そんなこと言ってたのか。

「彼女の話を聞いても半信半疑だったんだけど、こないだの学食での一件を見て信じる気になったの。あのるあ姫を言いくるめるなんて、ただ者じゃない。最近は胡蝶《こちょう》さんまで君に接近してるらしいじゃない？　あの冷たい会長の氷を溶かすなんて、信じられない」

ずいぶんとウワサに尾ひれがついたものだ。

買いかぶりすぎもいいところである。

「そんな君を見込んで頼みがあるの。夏休みまでの一週間、私たちの稽古《けいこ》を見て意見を言ってくれない?」

「素人《しろうと》の俺に?」

「舞台を見に来る観客は、その素人でしょ?　お願い。八月の公演、絶対成功させたいの」

こうしている今でも、ホールでは二十人ほどの部員たちが演技の稽古をしている。どの部員の顔も真剣だ。

声からも動作からも、気迫が伝わってくる。

こないだ見た野球部の練習よりも、よほど熱が入っている。

だが、環境は十分とは言えない。二十人という人数に、この手狭なホールはあきらかにキャパシティオーバーだ。演技でちょっと手振りを大きくするだけで、相手の体に触れたりしてしまっている。

「実績をあげれば、もっといい稽古場を用意してくれるって、顧問の先生と約束してるんだ。今度の公演は、そのまたとないチャンスなのよ。せっかく特待生も来てくれたんだし、この最大のチャンスを逃したらもう、学園から見捨てられちゃうと思う」

この帝開《ていかい》学園にあって、演劇部のランクは「Ｄ」。下から二番目である。部員数は多くて活気もあるが、実績がない。だから、こんな場末のホールが練習場所になっている。

今の情熱より、過去の実績。

それが帝開学園のルールだ。

——ならば、俺はルールに抗《あらが》おう。

「本当に大した意見は言えませんからね」

「うわっ、ありがとう！　よろしくっっ！」

部長は俺の肩を強く叩《たた》いた。

「さっそくだけど、ひとつ相談があるの。瀬能イサミくんのことで」

「はあ。特待生だそうですね」

「うん。子供のころから劇団にいただけあって演技は上手《うま》いんだけどね。どことなくカタイっていうか、うちの部に馴染めてないっていうかさ。るあ姫と交際してるって噂もあるけど、だったらもっと浮かれててもいいのに」

「転入してきたばかりだし、仕方ないんじゃないですか」

部長は「うーん」と唸《うな》った。

「そういう感じでもないのよ。たとえば彼、他の男子部員とは着替えも休憩も別々にするの。なんだか他人を避けているみたい」

「何か理由が？」

「それがわからないのよ」

ふむ……。

あの、俺を見つめるせつないまなざしと、何か関係あるのだろうか。

「ちょうど彼、裏の部屋で休憩してるから。良かったら話してみてくれない？」

◆

さっそく俺はホールを出て、裏手にある部屋へ向かった。

ドアをノックして、声をかけた。

返事はない。

失礼します――とドアを開けると、誰もいなかった。

瀬能イサミの物と思《おぼ》しきスクールバッグが机に置かれている。

どこからか、水の流れる音がする。

部屋を見回すと、カーテンのかかった一角がある。その向こうに誰かいるらしい。

カーテンを開けると、そこはシャワー室だった。学生ホールなんて滅多に来ないから知らなかった。この部屋、シャワーがついていたのか。

床に置かれた脱衣籠の中に、中等部の制服がきちんと畳まれていた。

男子の制服だ。

だが、俺の目をひいたのは、制服ではなく――。

「…………」

ピンクのナイロンショーツ。

女物の下着が、男子制服の上に置かれている。

ワンポイントのリボンがついている。

機能性重視の飾り気の少ない下着だが、それでも精一杯可愛くありたいという、着用者のいじらしい気持ちが表れてる気がした。

その下着の横には、白い包帯のような布が置かれている。

これは、サラシ？

「…………」

磨《す》りガラスの向こうで、誰かがシャワーを浴びている。

この男物の制服と、女物の下着の持ち主だ。

ガラスごしにもわかる、しっかりと発育した体だった。

全体のシルエットは細く、なのに胸とお尻は大きく張り出している。

特に、胸。

甘音ちゃんと同じくらいはある。

あれをサラシで押さえこむのは、ひと苦労だろう。

その解放感に浸《ひた》っているのか、磨りガラスの向こうの彼、いや、彼女は、かすかに鼻歌を歌っている。ふんふん♪　楽しそう。だから、俺の侵入にも気づかなかったのか。
俺は物音を立てないよう注意しながら部屋を出た。
廊下の壁に寄りかかって、深呼吸して、天井を見上げて——混乱した思考を整理した。

つまり、こういうことか。

元・幼なじみの彼氏は、「彼女」だった。

◆

さて……。
どうしたものか。
瀬能イサミは男の子ではなく、女の子だった。
この事実を果たして「恋人」であるブタは知っているのだろうか？
あの様子だと、おそらく「知らない」。
だからイサミくんを彼氏に選んでしまったのである。
理由は彼に惚《ほ》れたからではなく、彼が「美少年だから」「演劇の特待生で目立ってるから」「そんなイケてる子を彼氏にしちゃうアタシ、マジすご～い！　ッシャッシャ！」というところだろう。偶蹄目《ぐうていもく》イノシシ科らしい浅はかな考えだ。

まぁ、ブタはどうでもいいとして。

彼のカウンセラーみたいな役目を仰《おお》せつかった俺は、どう動くべきだろう。

とか思っていたら、

「やっほー、カズゥ!!」


右手をぶんぶん振りながらブタが歩いてきた。鼓膜がＤＥＡＤ。

「こんなところで会うなんてネ！　くふふふ。アタシに会いたくってつけ回してるんでしょ？　そうでしょ？　ズボシ？　ヘッドスター？」

「お前が後から来たんだろ」

自分の都合で因果律すら余裕でねじ曲げる。それがブタ屋敷ブ亜。あと、図星の「図」は「頭」じゃない。

「でもおあいにくさまニクニクさまァ～ン。アタシにはもう彼氏がいるんだから！　誰かさんよりよ～～っぽどイケてる彼氏がね！　スズキカズマくん残念でしたァ～。ホラホラ、『ンンンンンンンン悔《くや》しいようううううンンンンンンン！』ってそこらを転げ回ってもいいわよ？」

「わー。くやしー。ごろごろ」

　言われた通りにしてやったのに、ブタさんは不満顔である。

「まぁ、いいわっ！　イサミンとの仲を今日も見せつけてあげる！　カズが泣いて謝るまで続けるんだからねっ」

「マジか」

泣いて謝るだけでこのブタヅラが視界から消えるのか。一瞬本気で考えそうになった。

　ブタはドアノブに手をかけた。

「おい待て。部屋に入るつもりか？」

「そうよ。演劇部の控え室でしょ？」

「まあ落ち着け。キャベツの千切りを添えるまで待て」

「なんでよトンカツじゃあるまいし！」

　止めるのも揚げるのもきかず、ブタは中に入っていった。


「あっ、瑠亜さん」

　そこには、しっかりと制服を着込んだイサミくんがパイプ椅子《いす》に座っていた。

ドライヤーで髪を乾かしている。

シャワーは終わったようだ。

……ふう。良かった。間に合って。

そんなことはつゆ知らないブタさんは、ふふんと金髪をかきあげる。

「稽古を見に来てあげたわ！　この超絶人気アイドルのアタシが、アンタの演技を酷評してあげる！」

「……あはは。ありがたく思いなさい！」

ドライヤーを置いて、彼は困ったような笑みを浮かべた。

それから、ブタの後ろにいる俺の姿に気づいて目を見開き、

「あ、あれっ⁉　和《かず》に……和真せんぱい！　ど、どど、どうしてっ⁉」

「いやまあ、ちょっとな」

ブタの横槍《よこやり》がウザイので、詳しいことは話さないでおこう。

「教室でよく顔を合わせるけど、ちゃんと話したことはなかったからさ。一度じっくり話してみるのもいいんじゃないかなって」

いきなりこんなことを言ったら怪訝《けげん》な顔をされるかも――。

そんな風に思った俺の不安は、杞憂《きゆう》に終わった。

彼はパッと表情を輝かせると、勢いこんで頷いたのだ。

「は、はいっ！　ぼ、ボクもせんぱいとお話ししたいなあって、思ってたんです！　ぜひ！」

予想外の反応だった。

なんでこんな喜んでるんだ？

「ブフフフ。なあにカズ？『俺の女に手を出すな！』とかゆっちゃう？　ゆっちゃうワケ？　イヤンもお、どんだけアタシのこと好きなんだかっ♪」

ブタさんはいい感じに舞い上がり、カラッと揚がっている。ウスターソースに漬け込んでやろうか。

「いいわ！　じゃあ二人っきりにしてあげる！　このアタシを巡って決闘でもなんでもすることねっ！　結果は後で聞かせてもらうからっ！」

おっ、居なくなってくれるようだ。ラッキー。

武器の使用以外いっさいを認めますッ！　という言葉を残して、ブタさんは意気揚々と出て行った。どこの地下だよ。

◆

二人きりになった。

イサミくんは、瞳を輝かせて俺のことを見つめてくる。

何かを期待するようなまなざしだ。

鼻をくすぐるのは、シャンプーの香り。

男が同じものを使っても、こんなときめく香りにはならない。

女の子の匂いだった。

「実は、演劇部の部長さんから頼まれているんだ。君の話を聞いてやってくれって」

「ええっ。香川先輩から？」

イサミくんは目を見開いた。ちょっと大げさなくらい。

「あまり部に馴染めてないいんじゃないかって、心配してたよ」

「ごめんなさい。演劇部は、みんな良《い》い人たちです。ボクが人見知りしてるだけで」

そうして憂《うれ》いを帯びた顔をすると、ドキッとするほど綺麗《きれい》だ。

栗色のショートヘアから覗《のぞ》くほっそりとした首のラインが艶《なま》めかしい。

事実を知った後では、もう魅力的な女の子にしか見えなかった。

こんな秘密を抱えていたんじゃ、人を避けて当たり前だな……。

「最初に会った時から気になってたんだけど、前にどこかで会ったことあるかな？」

彼女ははっとした顔になった。

「ぼ、ボクのこと、覚えて……っ？」

「いや、あいにく。だけど、君は俺を知ってるみたいだから」

彼女はがっくりと肩を落とした。

「そ、そうですよね……。覚えてるはず、ないですよね」

「やっぱり、会ったことあるんだな」

こくんと頷いた。

「せんぱい。鳴神《なるかみ》流合気道場って、覚えてます？」

「ああ、もちろん」

それは、俺が小学校の時に通わされた道場の名前だった。

合気道の源流となった古武術を教えるところで、ＳＰや警察官、自衛官など「護衛」を職業とする人々が通う、ちょっと特殊な道場である。外国で傭兵《ようへい》やってる人なんかもいて、あらゆる人種が集《つど》うインターナショナルな道場だった。

俺はそこに、あのブタの爺《じい》さんの命令で通わされていた。

愛孫を守る護衛として、俺を仕込むつもりだったのだろう。

当時の俺は「古武術なんてかっこいい」って無邪気に思ってたっけ。

「だけど、鳴神流道場に俺以外の子供なんていなかったけど」

「はい。子供で一年以上続いたのはせんぱいだけだって、当時聞きました。ボクは一カ月くらいでやめちゃいましたから」

そこまで知ってるってことは、どうやら本当らしい。

「ボク、子供のころは太ってて、意気地無《いくじ》しで……。鳴神師範と仲が良かった祖父の考えで、道場に入れられたんです」

「それはずいぶんな荒療治だな」

あんな荒くれ者だらけの道場《ところ》、子供が来るような場所じゃない。教え方もスパルタだし、稽古は過酷。町の道場なんかと違って、ガチの実戦格闘術を学ぶところだ。彼女が一カ月続いただけでも、奇跡である。

「ボク、大人のひとにたくさんしごかれました。毎日、泣いてました。そんなボクを守ってくれたのが『和《かず》にぃ』だったんです。子供なのにめちゃくちゃ強くて、めちゃくちゃかっこよくって。憧れでした」

「……あっ」

和にぃと呼ばれて、記憶がよみがえった。

あれは小学四年生の時だった。

自分よりひとつ年下の、小さな男の子が道場に入ってきた。

初めて後輩ができて嬉《うれ》しかったのを覚えている。

名前はもう忘れたけど、確か俺は彼のことを――。

「いっちゃん？　お前、いっちゃんだったのか！」

「うんっ！」

いっちゃんこと、イサミは笑顔を弾《はじ》けさせた。


「やっと、やっと思いだしてくれたんだね！　和にぃ！」


いっちゃんは身を乗り出して、俺の手をぎゅっと握った。

「なるほどな……。いや、見違えた。全然わからなかったよ」

「えへへ。あのころすごい太ってたし、わかんないよね……」

「早く教えてくれたら良かったのに」

「だって、まさか和にぃが帝開にいるなんて思わなかったし。それに和にぃ、わざと目立たないようにしてたでしょ？」

「まあな」

あのブタと、その祖父からきつく言われていたからな。「目立つな」って。「お前は陰となって瑠亜に寄り添え」とか、今にして思えばとんでもなく理不尽なことを、子供の俺に刷り込んで。幼い俺は「女の子を守るのは男の務め」なんて、疑いもせず信じ込んで。

アレは女の子じゃなくて、ブタなのに。

「そうこうしてるうちに、なぜか瑠亜さんに見初められちゃって。瑠亜さんが和にぃの幼なじみって聞いた時は、びっくりしたよ。なんだか妙な縁だよね」

「その縁はもう切れてるよ」

「うん。絶縁したってウワサは聞いたよ。……大変なんだね」

その件について、いっちゃんは深く聞いてこなかった。

「あの……ね。ボク、あのころから、和にぃにヒミツにしてたことがあって」

顔を真《ま》っ赤《か》にして、内股気味にモジモジする。

人差し指を突き合わせる仕草が可愛いというか、幼いというか。

そういえば、このクセは昔からだ。

「じ、実はね？　ボク……ボク……女の子、なの」

「……」

うん。知ってた。

「和にぃのことが大好きな、女の子なの」

「…………」

それは、知らなかった。

「お嫁さんにして？」

いや待て。

◆

「ボク、和にぃのこと、ずっと好きだった」

俺の手を握って、いっちゃんこと瀬能イサミは言った。

「太ってて暗かったボクのこと、和にぃだけが構ってくれた。道場でボクだけ居残りさせられた時も、和にぃは付き合ってくれた。今思い返すと、あれがどれだけ特別なことだったかって思うんだ」

「そんなことないだろう。いっちゃんは人気者じゃないか」

しかし、彼女は激しく首を振った。

「ボクが痩《や》せて、劇団に入って、子役として騒がれるようになってから、たくさんの女の子が寄ってきた。大人たちも優しくしてくれるようになった。だけど、あのころのボクに優しくしてくれたのは、和にぃだけだったよ」

くりっとした目が、間近から俺を見つめている。

目はこんなに大きいのに、鼻や唇は小ぶりでとても愛らしい。

長いまつげが、何度も瞬《まばた》きを繰り返して。

俺が手を離そうとすると、「ヤダ」ってするみたいに、ぎゅっと握り返してくる。

昔から、思い詰めたら何をするかわからないところがあったけど——。

今は、ちょっと暴走気味だ。

「ちょっと、落ち着こうか。いっちゃん」

もう一方の手で彼女の肩を叩いた。

「再会して嬉しいのはわかる。俺だって嬉しい。でも、ちょっと話を急ぎすぎてる」

「……う、うん……。だよね。ごめんなさい」

バツ悪そうに、いっちゃんはうつむいた。

「まず、どうして男のふりをしてるのか教えてくれないか？」

それを聞かないことには、話が進まない。

「家のしきたりなの。逆子《さかご》で生まれた女子は、十八歳までは男子として生きなきゃいけないって。そうしないと、一族全体に不幸が降りかかるんだって」

「それはまた、時代遅れな迷信だな」

「しょうがないよ。当主さまにはお父さんもお母さんも逆らえないもん」

いっちゃんの家のことは俺も詳しくないが、旧財閥《きゅうざいばつ》の流れを汲《く》む由緒ある家柄と聞いたことがある。もしかしたら、ブタの家、高屋敷家とも何かつながりがあるのかもしれない。

古い家柄ゆえの、理不尽な因習か……。

「学校にも話を通してあって、着替えもトイレもずっと別々だった。先生に腫《は》れ物みたいに扱われて、友達もろくにできなかったよ。ボクと話してくれたのなんて、和にぃくらい。道場は厳しかったけど、行くのは本当に楽しみだったんだよ。和にぃに会えるから。転校で辞めなきゃいけなくなった時は、本当に悲しかった」

幼いころの記憶が甦《よみがえ》る。

心細そうに畳の上に立ち尽くすいっちゃんの手をひいて、柔軟体操のやり方や簡単な型を教えたっけな。大人の前では怯《おび》えていたけど、俺の前ではいつも楽しそうだった。

「だけど、男装するのは演劇の勉強には都合が良かったんだ。男の子として日常的に振る舞うことで、演技力がついたと思う」

「なるほどな」

このS級学園が特待生として招くほどだから、役者としての実力は高いのだろう。

しかし——。

「だけど、いっちゃん。さっきの演技は上手くなかったな」

彼女はぎくりと表情を強《こわ》ばらせた。

「な、なんのこと?」

「さっき、演劇部部長から頼まれたって話をした時、態度が大げさで不自然だった。実はあらかじめ部長から聞いて知ってたんじゃないのか? 俺がここに来ることは」

「……どうして、そう思うの?」

「この部屋のドアに鍵がかかってなかった。女だってバレないようにしていたわりには、ずいぶん不用心じゃないか」

「そ、それは、つい、うっかり……」

「本当に?」

じっと目を見つめると、彼女は首を左右に振った。

「やっぱり、和にぃに嘘《うそ》はつけないね」

「どうして鍵をかけなかったんだ?」

「だって、和にぃに気づいて欲しかったんだもん。ボクは女の子だよ、って。和にぃのことが大好きな女の子だよって、気づいて欲しかったんだもん……」

「それで、シャワーを浴びてたのか。いろいろ危ないとは思わなかったのか？」

いっちゃんは耳たぶまで赤くなった。

蕾《つぼみ》のような唇を尖《とが》らせて、ぽつりと言う。

「……ボク、和にぃにならし、何をされてもいいよ……」


いやいや待て待て。

また暴走気味になってる。

自分がとてつもなく魅力的な女の子だって、わかって言っているのか？

「ボク、ずっと不安で不安でしかたなかったんだ。無理やり瑠亜さんの彼氏ってことにされて。逆らえなくて。このまま女の子に戻れなかったらどうしようって怖くなった。ずっと好きだった人が、こんな近くにいるのに」

華奢な体が、凍えるように震えている。

彼女の不安は、わかる。

あのブタの権力、高屋敷家のパワーは絶大だ。

もしこのまま「瑠亜姫の彼氏」ということにされてしまったら、いっちゃんの意志も性別も関係ない。そもそもの因習なんて関係なく、「アンタはずっと男でいなさい！」なんて言われかねない。

「怖いよ……和にぃ……」

彼女はぴったりと寄り添い、俺の胸に顔を埋めてきた。

抱きとめた腕の中にあるのは、絹糸のように柔らかい体。

栗色ショートのつむじがきらきらして、天使のような輪が輝いている。

「やっぱり、アレとの交際は強制か」

いっちゃんは頷いた。

「瑠亜さんから彼氏になれって、脅されたんだ。『もし断ったら、来月の公演を中止にするわよ！』って。みんな、あんなに頑張ってるのに。ボクのせいで中止なんて、そんなことできるわけないじゃないか」

「なるほどね」

そんな妨害をしたら、帝開学園にとって不利益になるはずだが――あのブタはそこまで考えてはいまい。脳みその代わりにクソが詰まっている。

甘音ちゃんといい、胡蝶会長といい、いっちゃんといい。

どれだけの人に迷惑かければ気が済むんだ？

「わかった。それは俺がなんとかする」

いっちゃんは驚きの表情を浮かべた。

「本当に？」

「ああ」

あのブタの被害者を救うのは、もはや俺の役目となりつつある。

「でも、いくら和にぃでも、あの『るあ姫』に逆らうことなんて……」

「いや。逆らわないよ」

「え？」

俺はスマホを取り出した。

あのブタの電話番号はとっくに削除してあったので、しかたなく記憶から引っ張り出した。携帯のメモリは消せても、記憶はなかなか消せない。まぁ、今回はそれで助かった。

一回もコールしないうちに、ブタさんが電話に出た。

『やっほーカズ！　どう？　決着はついた？』

「ああ」

『ふふふ。やーっぱり愛《いと》しいアタシを巡ってケンカになったのね！　決闘になったのね！で、結果は？』

「負けた。ボコボコにされた」

『⁉』

ブタさんの驚愕《きょうがく》が、電話口から伝わってきた。

『ま、負けたって嘘でしょ⁉　カズが負けるはずないじゃん。鳴神流免許皆伝でしょ？　お祖父《じい》さまが前に言ってたわよ。カズはもう立派な殺戮《さつりく》マシーンだって』

「ケンカで相手を殺せるわけないだろ。俺は手加減が下手なんだ。だからケンカは弱い」

これは本当のことだ。

殺し合いならともかく、ケンカとなれば話は別。俺はそんな器用じゃない。

浅野《あさの》や赤鼻《アカハナ》から甘音ちゃんを守った時もそうだった。手加減の仕方がわからないから、無抵抗で殴られるしかない。それでは甘音ちゃんを守れないから、会長を頼ったのだ。

もしちょっとでも本気を出したら、相手を殺してしまう可能性が高い。

だから、鳴神師範にも「免許皆伝やるから、もう出てけ」って道場を追い出されたのだ。

「そういうわけだから、悪いな。俺は涙を呑《の》んでお前を諦める。強い強い瀬能イサミくんと結ばれて、幸せになってくれ」

『──────』

開いた口が塞がらない、みたいな沈黙がしばらく続いた。

それから、

『むぎゅううううううううううううううううううううううううううううううううううう!!

なんでそ―――――なるのよもおおおおおおおおおおおおおおおおおおおおおおおおお!!

アアアアアアアアアアアアアアアアアアアアアアアアアアアアアアアアアアアアアア!!』


汚いシャウトがスピーカーから響き渡った。

うるさいので電話を切った。

目的は果たしたからな。

「い、今のはなに？」

「ブタさんの断末魔」

これでもう、アレがいっちゃんに付きまとう理由は消滅した。

明日には交際解消を切り出すだろう。

問題は、その後。

これでおとなしく引き下がるようなブタさんじゃない。また別の手を打ってくる。

今度はもっと悪辣《あくらつ》な計画を練ってくるに違いない。

甘音ちゃんや会長にも、危害が及ぶような。

それに、どう対抗するか――。

「一度、きっちり話すしかないな」

独り言のようにつぶやくと、いっちゃんが首を傾げた。

「話すって、瑠亜さんと?」

「いいや――」

俺は首を振り、「諸悪の根源」の名を口にした。

「この学園――いや、この日本を牛耳る黒幕。高屋敷泰造《たいぞう》と」

◆

翌日の昼休み。

俺は理事長室へ向かうべく、職員室奥の廊下を歩いていた。

この領域は、学園であって学園ではない。

生徒立ち入り禁止の柵とロープをまたいで、赤いじゅうたんを踏みしめ、ずんずん行く。

昼休みの喧騒《けんそう》がここまでは届かない。漂う静謐《せいひつ》な空気は、どこか神殿のような趣《おもむき》がある。

だとしたら、祀《まつ》られているのは間違いなく「邪神」だな――。

そんなことを思っていると、行く手に黒服の大男が立ち塞がった。

「ここは一般生徒立ち入り禁止だ。引き返せ」

「高等部一年一組、鈴木和真です。アポイントは取ってあります」

「ああん？　知らんなぁ」

大男はあごをしゃくり、俺を見下ろす。

「ここに近づくようなガキは、問答無用で痛めつけていいと御前様《ごぜんさま》から言われている」

「体罰は犯罪ですが」

「俺は教師じゃない。そして、この帝開学園は『治外法権』だ。生意気なガキめ。大人の怖さを思い知らせてやる――」

大男が襲いかかってきた。

渾身《こんしん》の右フックを軽く払って懐《ふところ》に飛び込む。

右袖《みぎそで》をつかんで引き込み、相手の体を腰に乗せて跳ね上げて床に叩きつけた。

いわゆる一本背負い。

柔道の試合ならこれで試合終了だが、まだ終わりじゃない。

「げげはぁっ⁉」

大男が苦悶《くもん》の声をあげる。
俺の足刀《そくとう》がみぞおちを踏み抜いたのだ。
気絶程度で済むように手加減してみたつもりだったんだが……。
相手は反吐《へど》を撒《ま》き散らし、もがき苦しみながら床を転がっている。
まったく、ここまでする気はなかったのに、
子供のころからの動きが、五体に染みついている。
やっぱり、ケンカは危険すぎてできないな……。
その時——。

「それまで」


低く、威厳のある声がした。

部屋の扉の向こうからだ。

「鍵は開いておる。入ってきなさい」

お許しが出たようだ。

まだ悶絶《もんぜつ》している大男を介抱し、ハンカチで口を拭《ぬぐ》ってやってから、俺は扉を開いた。

「久しいな。和真よ」

厳《いか》めしい老人の声が俺を出迎えた。

白い口髭《くちひげ》に、オールバックのロマンスグレー。鋭い鷹《たか》のような目つき。黒檀《こくたん》の机と大きな黒椅子にふんぞり返り、鋭い眼光を俺に射込んでいる。

帝開グループのドン・高屋敷泰造。

あのブタの祖父である。

「ご無沙汰《ぶさた》しています。御前《ごぜん》」

昔のクセでひざまずきそうになるのを止めて、俺は胸を反《そ》らした。

「瑠亜から話を聞いた。鳴神流免許皆伝、我が高屋敷家が誇る『十傑《じゅっけつ》』ともあろうおぬしが、決闘で敗れたそうではないか。悪いが試させてもらったぞ。ウデは鈍っておらんようだな」

「相手が弱すぎたからでしょう」

「あの護衛は、実戦空手《からて》のチャンピオンだ」

えっ、あれで？

「あいかわらず、お人が悪い」

「おぬしは我が孫を護《まも》る盾だ。気になって当然であろう」

やはり、この老人の頭には愛する孫娘のことしかないらしい。

「おおよその事情は把握している。瑠亜と仲違《なかたが》いしておるそうだな」

「仲違いではありません。絶縁です」

事実を述べただけなのに、御前はギョロリと目つきを変えた。

「絶縁？　何故だ。あれほど美しい娘のどこが不満だ」

「容姿がどれだけ良くても、中身がアレではね。度重なるモラハラ、パワハラ。『目立つな』『影でいろ』。ずっとあいつに洗脳されていたようなものです」

御前は机を指でコツコツ叩いた。

「その見返りはあるはずだ。おぬしが瑠亜の婿《むこ》となれば、ワシが持つ巨大な権力と財力――帝開グループのすべてを引き継ぐことができるのだぞ。それは、この国の頂点に立つことと言っても過言ではない。わかっておるだろう？」

「………………」

「おぬしは幼少のみぎりより、瑠亜のお気に入りだ。他人には決して心を開かぬ我が孫が、おぬしからは離れようとせん。だからワシも、おぬしを婿候補のひとりと考え、様々な『帝王学』を施《ほどこ》してきたのだ」

「それはわかっています」

子供には分不相応な古武術だの戦略だの兵法だの、その他様々な「業《わざ》」をずっと仕込まれてきた。それらの修得は結構楽しかった。普通の子供にはできない体験を無料《タダ》でさせてもらったと思っている。

しかし――。

「俺はもっと、普通でいたいんです。普通に友達作って、普通に彼女作って、普通の高校生活を送りたい。上級でもなく、下級でもない、『普通』の生活をね」

「おぬしが、普通？」

喉の奥で御前は笑った。

「規格外の知略と武力を持つおぬしが、普通？　ありえん話だ。例のバッジ制度も、おぬしが叩き潰したそうではないか」

「はい。邪魔だったので」

「あれは社会実験だ。良い結果が出れば、帝開グループ全体で実施しようと思っていた」

やっぱり、そういうつもりだったのか。

「ともかく、もう俺のことは放っておいてください」

「本気で瑠亜と別れようというのか？　この帝開学園で」

「学費を払っている以上、俺には普通の学生でいる権利があります」

「無料にしてやると言ったのに、おぬしの母親が聞かなかったからな」

うちの暮らしは決して豊かではないのに、母さんはこの御前の申し出を断った。「お孫さんの幼なじみだからといって、そんな施しを受けるわけにはいきません」。そう言って、毅然《きぜん》と拒否したのだ。

俺はそんな母さんを誇りに思っている。

「わかった。いいだろう」

俺をにらみつけたまま、御前は頷いた。

「ワシはしばらく静観するとしよう。もっとも、瑠亜がどう動くかはわからんぞ」

「よろしくお願いします」

今日のところは、それで十分だ。

「ひとつ言いたいことがあります。あなたの孫のせいで、演劇部の公演が邪魔されそうになってます。特待生・瀬能イサミくんの活動にも支障が出ています。学園にとって不利益となる行動です。御前には理事長として、責任を果たしてもらいたいものです」

「ふむ……。それはワシがなんとかしておこう」

よし。

これで会談の目的は達した。

「これからどうするつもりだ？　和真よ」

「言ったでしょう。ごく普通の高校生活を送ります。まずは、目の前の夏休みを楽しみたいですね」

御前はくつくつと笑った。どこか妖怪じみた笑みだ。

「おぬしが〝普通〟のつもりでも、周りが放っておかんだろうよ。特に女子《おなご》は」

「周りは関係ありません。俺は俺の好きに生きるだけです。だから――」

最後に。

これくらいは、言っても許されるだろう。

「俺の女に手出ししたら、潰すぞ。ジジイ」

◆

帝王・高屋敷泰造との会談。

その翌日――。

俺は演劇部部長に頼まれた特別アドバイザーとして、舞台稽古に立ち会っていた。

演劇の題目は「シンデレ男《お》」。

男女逆転の「シンデレラ」である。

不幸な家庭に生まれたシンデレラならぬシンデレオが、継父《けいふ》や義兄たちのいじめを乗り越えて成長し、魔法使いの手を借りて「真実の自分」を取り戻して、美しい姫君と結ばれて幸せになるという筋書きだ。

香川部長が書いた脚本は、かなり読ませるものだった。

俺自身に重なる部分もあった。

たとえば、継父がシンデレオにこんなことを言うシーンがある。


『いいかシンデレオ。お前は目立ってはならない』

『義兄たちの引き立て役、影として生きるのだ』

『お前は容姿も悪く、地味で、陰気で、なんの才能もないのだから』

『いいな？　せめて引き立て役として、義兄たちの役に立て――』


俺も似たようなことをずっと言われ続けてきた。

あのブタと、ブタの祖父から。

この国随一の資産と権力を持つ一族から、そんな風に刷り込まれてきたのだ。

『和真よ。おぬしが瑠亜の影で居続けることができたなら、いずれ、おぬしを瑠亜の婿養子として迎えようではないか』

『このワシの後継者として、瑠亜とともに帝開グループを統《す》べるのだ』

『それまでは影に徹して、下級に甘んじ、瑠亜を守れ』

『よいな？　その才、決して他人に見せるでないぞ』

『特に、女子にはな――』


今なら、このジジイの言葉が嘘だとわかる。

ブタの婿にするという言葉が仮に本当だとしても、帝開グループの実権はブタ本人が握るはずだ。あの孫バカのジジイは、必ずそうする。俺は単に、ブタに世継ぎを生ませるための「種豚」として番《つが》わされるのだろう。

もう、そんな未来はいらない。

俺は自由だ。

今まで不自由だったぶん、ごく普通の生活を――。


「ねえ、鈴木くん！」

思考の海に沈んでいたところに、声をかけられた。

香川部長が興奮した様子で俺のもとへ駆け寄ってくる。

「いやあ！　君に頼んで良かったよ！　本当にありがとう‼」

「何がですか？」

「決まってるじゃない！　あれだよあれ‼」

部長は舞台を指さした。

そこには、まばゆい美少年が立っていた。

本番と同じ煌《きら》びやかな衣装に身を包み、舞台中央に立つ瀬能イサミ。

その姿はまさに「王子」。

立ち居振る舞いが優雅で、洗練されている。

澄んだ声が学生ホールの隅々にまで染み渡る。

彼が存在するだけで、舞台全体が光り輝いているように見えた。

「昨日までとはまるで別人だよ！　表情や動作に硬さがなくなって、自由に伸び伸びとしていて。一日でこんなに変わる？　まったく、どんな魔法を使ったのかな鈴木くんは！」

「魔法だなんて。これが彼の実力ですよ」

本心からそう言った。

あの、道場で泣いてばかりいた「いっちゃん」が——。

自分のことのように誇らしい。

「部長、ひとつお願いがあるんですが」

「君の頼みなら、なんでも」

「瀬能くんはとても恥ずかしがり屋で、特に裸を見られるのが苦手のようです。着替えは他の男子部員とは別々にして、衣装の採寸にも気を遣ってあげると、メンタルが安定すると思います」

「なんだ。そのくらいお安い御用さ！」

これでよし。

演劇部は部長をはじめ良い人たちばかりだし、きっと良くしてくれる。

来月の公演も上手く行くはずだ。

観客たちは、真の姿に目覚めた王子様に、釘付《くぎづ》けになるだろう。

◆

控え室で二人きりになった途端、王子様がお姫様に変わった。

「和にぃ、だーいすきっ」

飛び込んできた柔らかい体を、胸で抱きとめた。

中世ヨーロッパの王子様が着るような、真っ白な儀礼服が本当によく似合っている。

舞台では凛々《りり》しい美少年だけど、俺の腕の中で微笑《ほほえ》む彼女は可憐な美少女だった。

「おい、いっちゃん。着替えは？」

ひとりで衣装脱ぐの大変だから手伝って、と控え室に呼ばれたのに。

いっちゃんは頬をピンクに染めて、テヘへと舌を出した。

「だって、和にぃと二人っきりになりたかったから」

「……」

こんな可愛い子に言われて悪い気はしないけれど。

意外と、ちゃっかりしてるな。

「ゆうべね、瑠亜さんからメッセージが来たんだよ。ひとこと『別れましょ！』だって。

和にぃのおかげだよ！」

「そうか。良かったたな」

さすがと言うべきか、あのブタ。

もはや用済みとなった「偽の彼氏」を、さっさとポイしたらしい。

「だからもう、自由だよ。和にぃ。今すぐお嫁さんにして？」

「こら。いい加減にしろ」

栗色の頭を軽く小突いた。

いっちゃんは肩をすくめて「はぁい」と可愛く返事をする。

「じゃ、着替えるの手伝って。後ろのファスナー、下ろしてほしいなっ」

「いいのか？」

「ひとりでするの、大変なんだもん。……ね、早く」

後ろを向くいっちゃん。

言われた通り、衣装についているファスナーをゆっくりと下ろす。

壊れ物のように華奢な背中と、そこにきつく巻き付けられたサラシが目に飛び込んできた。先日、磨りガラスごしに見た重たげなふくらみが頭をよぎる。こんなぐるぐる巻きにしないと、押さえ込めないのだ。

「下ろしたぞ。後は自分でできるな？」

「ヤダ。サラシもはずして」

「馬鹿。そこまでできるか」

「じゃあ、目をつむっててくれる？」

こういう時は「あっち向いてて」じゃないのかと思いつつ、言われるまま目を閉じた。
ほっそりとした腕が、俺の体に巻き付いてきた。
滑らかな肌がシャツごしに密着してくる。
女の子の香りが鼻孔をくすぐる。
ん、と背伸びするような吐息が聞こえたかと思うと——。
「……」
瑞々《みずみず》しいぷるぷるした果実が、唇に押し当てられた。
小さな手が、ぎゅっ、と俺のシャツの背中をかきむしる。
せいいっぱい背伸びして、一生懸命、押し当てている。
果実から染み出す甘い蜜が、俺の唇を濡《ぬ》らした。
互いに、濡らし合った。
やがて、シャツから手が離れて——。
「……えへ。和にぃから、初めて一本取っちゃった……」
触れ合っていた場所の感触を確かめるように、いっちゃんは唇を指でなぞる。

その仕草が、くらくらするほど艶めかしい。

「ごめんね和にぃ。……怒ってる？」

「怒りはしないけどな」

これで三人目か。

モテるのは嬉しいし、俺も望んでいたことなんだが。

ちょっとこれは「普通」じゃないような……？

「他の男にこんなことすると、勘違いされるから気をつけろよ」

「他の男に、するわけないよ」

むぅっ、とむくれるいっちゃん。

「和にぃだから、したんだもん。もちろんボクの初めてだからね？」

「わかった、わかった」

「夏休みさ、一緒にプール行こうね？」

「……」

話がポンポン進められていく。

「もう、あのころのボクじゃないよ。ちゃんと女の子らしく成長したところ……和にぃに見てほしいよ」

まったく……。

甘音ちゃんといい、涼華会長といい。
俺の周りには積極的な女の子が多いようだ。

やれやれ。
モテるなら、もっと普通の女の子で良かったんだけどな。

彼女たちは、可愛すぎる。

◆

【ほぼ毎日投稿】るあ姫様が斬る！　～わきまえなさいッ～✔
チャンネル登録者数１１４万人

『はァ～～～…………』
『ハイ。クソデカため息で始まりましたけれども』
『るあ姫こと、瑠亜でっす』

『なんかさぁ、最近思い通りにいかないっていうかさぁ』
『あ。こないだ話した〝女友達〟のことなんだけどね』
『アタシたち二人は超愛し合ってるのに、邪魔が多すぎンのよ』
『クソウザ前髪だの、銀ギラ会長だの』
『せっかく利用してやった栗ぼーずも、役に立たずだしっ』
『お祖父様まで「しばらく様子を見るのぢゃ」とか言い出すしさぁ』
『そうこうしてるうちに、もう夏休みよ？』
『学校ないから、このままだと会えなくなるじゃん！』
『……いや、アタシは困らないけどね？』
『アイツが、さみしくて泣いちゃうカナ～って』
『まァ、この瑠亜サマがどうにかしてあげますかっ！』
『子供の時からの愛……友情は、大切にしないとねッ』

『……ゼッタイ、このままじゃ済まさないんだから……』
『……カズに近づく女は、ミナゴロシ……』

『とゆうわけで、今日は愚痴配信でしたー』

『まったねーん』

【コメント欄　1024】

るあ姫の騎士・1分前
姫さま……元気出して……

るあ様のしもべ3号・1分前
女同士の友情って難しいですよね

スターバッコス・1分前
るあちゃん優しい！　その女友達にも伝わるよきっと！

真実の使徒・1分前
カズって聞こえたんだけど、誰？

上海《シャンハイ》ダッグ・1分前

ラスト、なんか不穏すぎる

#5 普通だから上級ギャルとバイトする。

S-kyu gakuen no jisho "Futsu", kawaisugiru kanojo tachi ni Guigui korarete Barebare desu.

シャツの背中が汗で濡《ぬ》れる季節になった。

真夏。

一学期最終日の朝である。

いよいよ明日から夏休みということで、教室の空気はどこか浮き足立っている。イケてる「上級」も、そうでない「下級」も、みんな表情が明るい。大きな声で夏休みの予定を話し合っている。頻出《ひんしゅつ》単語は「海」「プール」「花火」。夏の代名詞みたいな単語が四方八方から飛んでくる。

そんななか、俺はひとり――。

窓際《まどぎわ》の席で、文庫本を友としている。

ブタとの絶縁以来、教室では孤立する一方の俺である。

以前と異なるのは、周囲の見る目が変わったことだ。

あの学食の一件以来、一目《いちもく》置かれるようになった。

廊下を歩いてると道を譲られたり、あるいは何故《なぜ》か握手を求められたり。甘音《あまね》ちゃん曰《いわ》く「特待生には恐れられて、一般生徒には慕《した》われている」らしい。いやいや。どっちも過大評価である。

絶縁者《ノーブランド》。

俺のことを、そんなあだ名で呼んでいるやつもいるらしい。

例のバッジ制度から来ているのだろう。

特待生でもなく、一般生徒でもない。

何者にも属さず、染まらない「無印」。

——そんな風に言えばかっこいいけど、ようは「ぼっち」の言い換えじゃないか？

俺としてはそんなものより「普通《ノーマル》」の称号が欲しいんだけどな……。

その時、ひときわ大きな声がした。

「えーっ、浅野《あさの》それマジ？　マジでゆってんの？」

ダンス部の特待生・柊《ひいらぎ》彩茶《あやさ》。

ブタさんと並ぶ、この一組の中心女子である。

サラサラと音がしそうなストレートロングを亜麻色に染めている。

他にも髪を染めている女子はいるが、彼女の髪はひときわ綺麗《きれい》で、席が離れた俺の位置からも輝いて見える。

　メイクもばっちり。

　プックリとした涙袋に、ほんのり薄めに塗られたチーク。派手だけど下品に見えない、その絶妙なラインを攻めている。

　今どきの女子高生の具現化みたいな存在だ。

　噂《うわさ》では大学生の彼氏がいるらしい。

　もうパッと見からして「ああ、俺と生きてる世界が違うな」という陽気なギャルのオーラを放っている。

　ブタさんが不在なので、女王の座を独り占めしているようだ。

　野球部・浅野以下、上級軍団を周りに侍《はべ》らせている。

「いや、マジのマジよ。彩茶と一緒に花火大会行けるなら、俺死んでもいい！」

「うそくさっ。どうせるあ姫に断られたからっしょ？」

「ち、ちげーって！」

　周りからどっと笑いが起きる。「浅ピー、見透かされてんよ～」と野次《やじ》が飛ぶ。浅野は半笑いになりつつも、額《ひたい》に汗をかいている。冗談っぽく迫ってるけど、意外に本気なんじゃないか。夏休み前になんとしても彼女を作りたい、そんな必死さが見える。

　柊は、校則違反の短いスカートから伸びた脚を大胆に組み替えた。

裾《すそ》から零《こぼ》れる真っ白な太ももに、浅野の鼻の下が伸びる。浅野でなくとも、男なら誰もが見惚《みと》れそうな美脚。ダンスではこの脚がステージ映《ば》えすることは容易に想像がつく。

「つか、うちカレピと行くしー。ふふ、クルマ出してもらうんだぁ」

「た、頼むよ彩茶ぁ～！　みんな女連れなんだよ。俺一人で花火見たくねえよ」

「知らねっつの。うち、カネない男に興味なしー」

「か、カネならあるって！　お茶おごるからさぁ」

「お茶って……浅野さぁ」

鼻で笑うと、柊は机からレザーポーチを取り出した。

誰でも知っている有名ブランドのマークが、これ見よがしにくっついている。

「これわかる？　今月出たばかりの新作。値段とか聞いてないけどさ、お茶なら一万回くらい行けちゃうんじゃね？　知らんけど」

印籠のように突き出されたポーチを見て、浅野はがっくりうなだれた。

……ふわ。

死ぬほどどうでもいい。

興味を失って読書に戻ろうとしたその時、俺は少し離れた位置で立ち尽くす眼鏡の女子生徒に気づいた。その表情は困り果てている。

――ああ、なるほど。

柊が今、その形の良い尻を載《の》せているのは、机である。

柊の、ではない。

その女子生徒の机だった。

陽キャの得意技「陰《いん》キャの席を独占しておしゃべりに夢中」が炸裂《さくれつ》しているわけか――。

見て見ぬふりをしようと思ったが、その女子が持っている文庫本が目に入り、気が変わった。その本は、この前俺が地下書庫から図書館に戻した本だった。時々、「こんな名作が地下に？」という本があるので、司書に掛け合ってサルベージしている。

それを見つけてくれた子を見捨てるのは、忍びない。

「おい、柊」

近づいて声をかけると、彼女は露骨に不機嫌な表情を浮かべた。

「……は？　何か用？」

「そこ、お前の席じゃないだろ。どいてやれよ」

「はぁ？　……キモッ」

柊は俺をにらみつけた。

「瑠亜《るあ》のドレイが、気安く声かけないでくれる？」

「もうチャイムが鳴るぞ。自分の席に戻れ」

「まだ鳴ってないし。それまで何しようとうちの勝手でしょ」

と、聞く耳持たない。

思えば柊は、以前から俺に対する態度がきつかった。

絶縁のきっかけとなった例のカラオケでも、ひとりだけ笑わずに、俺を軽蔑の目でじっとにらみつけていた。理由はわからないが、嫌われているらしい。

しょうがないな……。


「キャッ！」


俺は柊の体を抱きかかえた。

いわゆる「お姫様だっこ」である。

暴れる隙など与えない。

スムーズに持ち上げてスムーズに下ろす。

相手の重心さえ見誤らなければ、造作もないことだった。

「……なっ、な、ななっ……」

「ほら、今のうちに」

顔を真っ赤《まっか》にする柊を無視して、俺は眼鏡の子に声をかけた。

彼女はぺこっと一礼して、恥ずかしそうに席についた。

「ふ、ふざけないでよあんたっ！　何してくれちゃってるワケ⁉」

　柊が詰め寄ってきた。

　ゆるくぶら下げた制服のネクタイが俺の胸に触れる。

　第二ボタンまで外したブラウスのふくらみは、並よりは少し大きく見える。ブタさんが嫉妬《しっと》しないギリギリのレベルが、このくらいなのだろうか。どうでもいいが。

「ねえ浅野！　こいつやっちゃってよ！」

　だが、浅野は気まずそうに視線を逸《そ》らした。

　さっきまで媚《こ》びまくっていたくせに、怯《おび》えたようにうつむいている。

「い、イヤ、彩茶。そいつは、やべえよ」

「はぁ？　何ビビッてんのよ。ねえってばぁ！」

　他の男子たちも、浅野と同じように目を伏せる。

　柊はうろたえたように周囲を見回した。

　彼女は学食での一件を知らないのだろう。

　上級《なかま》たちの「豹変《てのひらがえし》」に、驚いている。

「どうしちゃったのみんな？　こんなやつタダの陰キャじゃん。こないだ、カラオケで指さして笑ってたじゃん。ねえ――」

　その時である。

「やっほー♪　カズぅ～！　おっはろ～～～ん！」

ブヒヒーン！　と響くブタの声。

ブタのしっぽのように右手を振りながら、高屋ブ瑠夕が駆け寄ってきた。ちっ、欠席じゃなかったか。

「なあに、こんなところで立ちバナシ？　もしかしてアタシが来るのを待ってたトカっ？」

そういえばここ、ブタさんの席の近くか。

どうりでワラの匂いがすると思った。

「んん～？　なんか揉《も》めてンの？　ねえアヤチャ。アタシのカズがなんかした？」

「や、えっと……べつに、なんでもないし？」

柊は強《こわ》ばった笑みを浮かべた。

丁寧にメイクされたその目に、媚びと恐怖が浮かんでいる。

Aランクの格付けを誇るダンス部の特待生であり、学年のファッションリーダー的な立ち位置にいる彼女でも、理事長の孫娘には逆らえないのだ。

「フーン？　そうなんだ。なんでもないんだ。……ホントに？」

「ほ、ほんとだって。やだなぁ、るあ姫。うちが、姫のドレイに手ぇ出すわけないじゃん」

気まずそうな柊のことを、ブタさんはじろじろ見つめていた。

なんか、いつもよりブタさんの追及が鋭いというか、しつこいというか。

……なんだろう。いっちゃんと別れたばかりで、気が立っているんだろうか。

「——ま、いいけどね」

ブタさんは柊から視線を外し、その絶壁胸を俺の腕に擦りつけてきた。痛い。削れる。

「ねぇねぇ、カズっ。今年の花火大会はどうする？　またお祖父《じい》さまに特等席用意してもらう？　でもでも、今年は二人で行くのも良いと思わない？　ねえ？」

「お、チャイム鳴った」

ブタを振りほどいて、俺は席に戻った。「もぉん、カズのいけずぅ。略してカズズゥ♥」とかほざいている。カズズゥ。なんだその新型モビルスーツ。

去り際——。

忌々《いまいま》しそうにつぶやく柊の声が聞こえてきた。

「ノーブランドのくせに」

その侮蔑《ぶべつ》のこもった声は、しばらく俺の耳に残った。

◆

さて——。
高校生になってはじめての夏休み。
実は前から、どうしてもやりたくて、計画していたことがある。

それは、アルバイト。

自分の力でお金を稼ぐ。
なんて尊《とうと》いんだ。
ゲームでも本でも、自分の稼ぎで好きに買える。
いつも苦労をかけている母さんに、ささやかなプレゼントだって贈れるだろう。

◆

俺が採用されたのは、隣の市の駅前にある、個人経営の喫茶店だ。

女子はミニスカートのメイド服。男子は執事のようなタキシード姿で接客するということで、一定の客層に有名な店である。

初出勤の日。

開店三十分前に店に入ると、一人で掃除中だったメイドさんに出くわした。


「ひぁっ⁉　す、鈴木《すずき》っ⁉」


柊彩茶。

学校で見るのとはまるで違う、可憐《かれん》なメイド服に身を包んだ陽ギャルが、モップを持って立ち尽くしていた。

「どっ、どど、どうして、あんたがここにっ」

「今日からこの店で働くんだ。夏休みの間」

まさか、バイト先が同じとは思わなかった。

学校から離れた場所なのに、偶然は恐ろしい。

どうやら彼女は俺の「先輩」のようだ。ミニスカートのメイド服を楚々《そそ》として着こなしている。

学校では濃いめのメイクも、ここでは控えめ。着崩した制服姿しか見たことがないから、この格好は新鮮だ。

ずっと「キツめの派手美少女」という印象だったが、こうして見ると意外に清楚《せいそ》で可愛《かわい》らしい顔立ちなのがわかる。

「マジ、最悪っ。ずっとヒミツにしてたのに、よりによってこんなノーブランドにっ！」

柊は顔を真っ赤にしている。

モップを握る手がぷるぷる震えている。

よほどこの姿を見られたくなかったようだ。

「笑いたきゃ笑えば⁉　うちがこんな格好してるの、おかしいって笑えばいいじゃん！」

俺は首を振った。

「笑わないよ。一生懸命働いてるやつを、俺は笑わない」

「は？　……べ、別に、こんなんテキトーだし。時給がいいからやってるだけだし」

「本当にそうか？」

俺は店内を見回した。

「そのわりには、ずいぶん丁寧に掃除してるな。照明のフードの裏、窓ガラスの四隅、それから——」

すぐそばにあったソファをずらした。隠れていた床が露《あら》わになる。

そこは見えている床と変わらず、ピカピカに磨かれていた。

「お客さんから見えないところまで、全部綺麗にしてある。ここまでやるバイトはなかなかいないと思うぞ」

「し、知らない。別の子がやったんじゃね？」

「それにしちゃ、ずいぶん手が赤いな」

彼女はあわてて片方の手を後ろに隠した。

「その手は、何度もきつく雑巾《ぞうきん》を絞った手だろう？　それから膝《ひざ》が少し汚れている。雑巾がけのために這《は》いつくばらないと、そんな風には汚れない。立派な仕事ぶりだ」

「……っ、るっさい、バカ！」

柊はまた頬を赤くした。

怒りによるものではないことは、まつげを伏せたことでわかる。

「てか、あんた何者？　なんでそこまでわかるの？　こういうバイトしたことあるの？」

「昔、執事の真似事《まねごと》みたいなことをしてたことがある」

中一の夏——そう、あれも夏休みだった——あのブタのお屋敷《やしき》に住み込みで働かされたことがある。「将来、高屋敷《たかやしき》家に仕《つか》えるため」とか言われて、メイド長みたいな年輩の女性に掃除や礼儀、その他もろもろの仕事を叩《たた》き込《こ》まれた。

ブタと絶縁して無駄になったと思ったが、おかげで彼女の仕事を見逃さずに済んだ。

「とりあえず着替えたいんだが、更衣室は？」

「……そこの、厨房《ちゅうぼう》の横のドアが控え室。男はそこで着替えて」

礼を言って歩き出した。
ドアを閉める間際──。

「……ぁ、りがと……」

そんな声が聞こえた気がしたが、確かめることはしなかった。

◆

バイト初日から、店内は戦場だった。
開店の午前十一時からひっきりなしに続く客、客、客。
ランチタイムめがけて来る雪崩《なだれ》のような客の流れに、俺と柊の二人で立ち向かった。
ホールは俺たち二人だけ。
厨房はおばさん店長の一人だけ。
たった三人で店をまわさなくてはならなかった。
しかし、ここでも柊彩茶の仕事ぶりは見事なものだった。

「はいっ。ナポリタンのAセット、食後にアイスコーヒー、ミルクなしですね！　かしこまりましたっ！」

「お会計失礼します。千五百円頂戴しましたので、四十五円のお返しです。ありがとうございました！　またお越しください！」

「大変申し訳ありませんお客様。ただいま店内混み合っておりまして。五分ほどでご案内できるかと思いますので、こちらのメニューをご覧になりながらお待ちくださいませ！」

いやいや、正直驚きだ。

教室じゃ机に座るわ脚は投げ出すわ、言葉遣いはギャルそのものだわで、お世辞にも行儀が良いとは言えない彼女が、この店では完璧な礼儀作法、完璧な接客だ。

外面《そとづら》が良い、取り繕ってる、猫被《かぶ》ってる——という感じでもない。

あの潑剌《はつらつ》としたスマイルと、額に輝く汗は、そんな「擬態」では生み出せない。

ただひたすら、仕事熱心なのだ。

俺も負けてはいられない。

「三番と五番テーブル、俺が下げてくる。大丈夫。あのくらいなら一人で持てる」

「オーダー待ち一番と七番。どっちも俺が行くから。その代わりレジ打ちは任せた」

「向こうの男性客、俺が対応するよ。柊はしばらく厨房に引っ込んで、皿洗い頼む」

こんな感じで、柊のサポートに徹した。

初日で慣れない面もあったが、最低限、彼女の邪魔にはならなかったと思う。

◆

午後二時すぎ――。

ようやくランチタイムが終わり、客の波が途絶えた。

「あーうー、マジ、つかれたぁ……」

カウンター席にへにゃっと突っ伏して、柊は言った。

亜麻色の髪がテーブルでしなびている。

店長は遅い昼食を食べに出て行って、俺たち二人きりだ。

「すごい客足だったな。いつもランチタイムはこうなのか？」

「やー、夏休みだからじゃね？　うちも平日昼は入んないから、知らんけど」

「いつもはどんなシフトなんだ？」

「土曜はオープンからクローズまで。あとは月木の午後五時から九時」

「ダンス部と掛け持ちで、大変だな」

「だよー。ま、うち天才だし？　このくらいヨユーっすよ」

あはは、と柊は笑った。彼女が学校で友達と話してる時と変わらない声だった。

……なんか、不思議だな。

今までほとんど話したことのない、カーストがはるか上の女子と、こんなひとときを過ごせるなんて。

地獄のような忙しさを一緒に乗り越えたことで、奇妙な連帯感が生まれている。

バイトには、こんな効果もあるんだな……。

その時、柊がハッとした顔になった。

「な、なに仲良くしちゃってんのようちら⁉　違うでしょ？　敵同士じゃん！」

「敵？　どうして」

「だってあんた、瑠亜と絶縁したんでしょ？　だったら、うちらの敵ってことじゃん」

俺は首を傾《かし》げた。

「確かにあいつとは縁を切ったが、別にお前らと敵対してるわけじゃない」

「カラオケ屋で、あんたキレて帰ったじゃん。うちらを恨んでないの？」

「別に。あのブタの命令でやったことだろ」

「ぶ、ぶた？　瑠亜のこと？」

「そう。あいつの命令だったんだろ？」

「それは……そうだけどさ」

柊は複雑な表情を浮かべた。あまり納得はしていないようだ。

何故だろう？

まるで、俺に恨んで欲しい、憎んで欲しいとでも言うような。

しかし、それはもう無理な話だ。

ほんの数時間一緒に働いただけだが、俺は彼女に好感を持っている。教室とはまるで違う丁寧な仕事ぶりに、尊敬の念すら抱いてしまっている。

学校では無理でも、バイト先でくらいは仲良くしたいところだが……。

「じゃあ鈴木、ひとつ聞いていい？」

「なんなりと、お嬢様」

執事らしく恭《うやうや》しく礼をすると、彼女は「ばーか」と笑った。打ち解けたくてやったつもりが、やっぱり俺はズレている。

「あの、最後のほうに来た男性のお客様いたじゃん？　どうして対応代わってくれたの？」

「洗い物が溜《た》まってたからな。皿洗いをお前にやらせて、俺は楽な接客をやろうと思って」

「——嘘《うそ》じゃん？」

俺が思っていたより、柊は鋭かった。

「あんたのことは気に入らないけど、そんな風に手を抜くやつじゃない。それは、一緒に仕事しててわかったよ。……ねぇ、どうして？」

どうやら隠しても無駄のようだ。

「あのお客、たぶんお前目当てだろ？　それも盗撮。バッグを不自然にごそごそやってたし、視線も怪しかった」

「！」

柊は反射的にスカートの前を押さえた。

ここの制服は、丈《たけ》が短い。

ガーターベルトで彩られた輝くふとももが、零れんばかりだ。

「よく、わかるね。たぶん正解」

「常習者なのか？」

「ん……。今までも何度か、怪しいカンジはしたかな」

「どうして追い出さないんだ？　学校での強気はどうしたんだよ」

彼女はうつむいて、ぼそぼそと言った。

「……だって、お客様だから……」

ふむ。

仕事に対して、真面目すぎるんだな。

リップを塗った唇がかすかに震えている。

注意するのが怖いのもきっとあるんだろう。

なんだかんだで、女の子なのだ。

「これからは、あの客が来たら俺にすぐ言えよ」

「……ウン」

彼女は赤い顔で頷《うなず》いた。

それから、小さな声で、ささやくように言った。

「…………優しいんだね…………鈴木…………」


今度は、ちゃんと聞こえた。

名前も聞こえた。

初めて呼んでくれたんじゃないか？

本当はこんなに可愛くて、素直な女の子なのに――。

どうして、俺のことを「敵」だなんて言うんだろう？

「ねえ、うちも聞いていい？」

「俺にわかることなら」

「どうして、学校では力を隠してるの？」

彼女の顔を見つめ返した。

「なんのことか、わからないな」

「とぼけんなっ。初バイトでこんだけ仕事デキるやつが、なんで瑠亜のドレイなんかやってたの？」

ドレイ。

突き放すようなその語感には、嫌悪が表れていた。

どうやらこのあたりに、謎を解く鍵がありそうだ。

「その話をすると、長くなるんだがな」

「このお店、夜までしばらくヒマだよ。……ね、教えてよ。なんで〝無印〟なんて言われて黙ってんの？」

「…………」

さて、なんと答えたものか。

と、その時である。

カラン、とドアのベルが鳴った。

反射的に立ち上がり、「いらっしゃいませ！」と告げた柊の顔が、みるみる凍りついた。

ワンテンポ遅れて俺が振り返ると、そこには黒髪の女の子が立っていた。

前髪をオープンにして、まあるい子猫みたいな目を露わにして。

今やすっかり有名になった新人声優。

校内でもネットでもアニメ業界でも人気急上昇中の彼女が、白のワンピース姿でニコニコと立っていた。

「うふふ。和真《かずま》くんっ。バイトはじめたって聞いて、あまにゃん、来ちゃいました！」

……来ちゃったかー。

「ところで。その女の子、誰ですか？？？」

……聞いちゃうかー。

◆

さて、甘音ちゃんにどう答えたものか。

柊本人が答えてくれれば楽でいいのだが——ダメだこりゃ。完全にフリーズしている。

俺が来た時もそうだったが、よほどここでバイトしてるのを知られたくないらしい。

一方の甘音ちゃんは、このメイドさんが柊彩茶とは気づいてないようだ。

ダンス部の有名人だから、甘音ちゃんも顔くらい知っていると思うのだが、ギャル制服とは似ても似つかないメイド衣装のせいでわからないのだろう。

ならば、俺が答えるべきは——。

「バイトの先輩だよ。今日が初日だから、いろいろ教えてもらってる」

「……そうでしたか」

甘音ちゃんは、むうっと頬をふくらませた。

あれ？

回答、間違えたか……？

「ほら、先輩。ここは俺に任せて休憩行ってくださいよ」

立ち尽くしている柊の肩を叩いた。

柊はロボットみたいに頷いて、そそくさとバックヤードへ消えていった。

「それじゃあ甘音ちゃん。こちらの席へどうぞ」

「はぁい」

席に案内して、彼女が好きなクリームメロンソーダを持っていった。クリーム山盛りてんこ盛り。柊に叱られるかもだが、このくらいは許してもらおう。

「和真くん、タキシード似合いますね！　本物の執事さんみたい！」

「格好だけだよ」

「そうかなあ。立ち居振る舞いとか、すっごく本物っぽいですよ！」

本物の執事見たことあるのかな？　と思ったが、突っこまないでおこう。

「今日はこれから収録なんです。その前に和真くんの顔を見てパワーをもらおうと思って」

「忙しそうだな」

「はい！　レギュラー三本も決まったんですよ！　チョイ役ですけど」

声優業は極めて順調のようだ。

あの疫病神《ブタ》の事務所を抜けてから、幸運続きだな。

「そういえば、瑠亜さんは来ました？」

「？　いや、来てないよ。バイトすることも教えてないし」

俺たちしかいない店内で、甘音ちゃんは声を潜めた。

「事務所の人が教えてくれた話なんですけど、瑠亜さん、二週間オフなんですって。いっさい仕事入れてないって」

「へえ」

そのまま俺の周りからもテイク・オフしてくれないだろうか。

「あれだけの売れっ子さんが長期休暇なんて、珍しいから。また変なことを企《たくら》んでるのかもしれません。気をつけてくださいね」

今までひどい目に遭わされてきた彼女だから、その忠告には現実味があった。

「ありがとう。気をつけるよ」

クリームメロンソーダを飲んで、ついでにキスもねだって（おでこで勘弁してもらった）、甘音ちゃんはパワー満タンで収録現場へと向かっていった。

◆

「よっ、チャラ男」

グラスを片付けて振り向くと、柊が腕組みして立っていた。

「あれ、声優の湊《みなと》甘音でしょ？　あんたと付き合ってるって噂、ホントなんだ」

「付き合ってない」

「嘘ばっか。あのコ、あんたにガチ惚《ぼ》れじゃん」

「どうしてわかる？」

「さっき、うちが誰か聞いてたでしょ？　あれは『どういう関係か』って意味っしょ？　超妬《や》いてたよあれ。怖っ」

なるほど。あのふくれっ面は、そういう意味か。

「仲良くはしてるよ。でも彼氏彼女ってわけじゃないと思う」

正直なところ、よくわからないのだ。

どういう経緯を辿《たど》れば、彼氏・彼女になれるのか。

キスしたら彼女だというなら、甘音ちゃんとも会長とも、いっちゃんとも付き合ってることになるのだが……それじゃ俺が三股してるみたいじゃないか。

「あんな可愛くて、しかも声優やってる子が彼女だったら鼻たかーいじゃん。どうして付き合わないの？」

「誰かに自慢するために、女の子を好きになったりしたくない」

それでは、アクセサリーにしているのと同じだ。

柊は険しい目つきになった。

「なによ、かっこいいこと言って。男なんてみんな、女の子をアクセサリーとしか思ってないじゃん」

「そうかな」

もし俺に彼女ができたら、見せびらかしたりせず、ひたすら大事にして守ってやりたい。

だが、柊の恋愛観は違うようだ。

「あの浅野だってそう。花火大会に一人で行くのが恥ずかしいからって、うちに声かけて。一番の瑠亜にフラれたから、二番に声かけてるだけなのよ。そんなん誰が行くかっての！」

「そういえば、柊には大学生の彼氏がいるんだったな」

彼女はぎくりと肩を揺らした。

「そ、そうよ？　タメの男なんかキョーミないし。最低限、クルマは持ってないとさぁ」

「すごいな」

心の底から感心した。

「え、何がすごいの？」

「大人だなと思って。彼女すらいたことがない俺から見れば、恋愛の達人だよ」

「そ、それは…………ま、まぁね！　うちくらい経験豊富なオンナになると、もうフツーの男じゃ満足できないってゆーかっ！」

胸をどんと叩いた。強く叩きすぎて、ゴホゴホ咳《せ》き込《こ》んだ。可愛いなおい。

「俺は、その『フツーの男』になりたいんだがな」

「あんたが？　ムズカシイんじゃないの〜？　帝開《ていかい》の普通ってレベル高いしさ」

「……だよな」

途方に暮れる。

いったいどれだけの課題をクリアしたら「普通」になれるのか。

高校生活のすべてを捧《ささ》げる必要がありそうだ。

「でもま、見どころないわけじゃないし？　がんばりなさいよね！」

「了解です。先輩」

「エヘへ。よろしいっ後輩クン！」

機嫌の良い時と悪い時の差が激しくて、ちょっと疲れる部分もあるが——。

やっぱりいいやつだな。柊彩茶。

夏休みのアルバイト、楽しくなってきた。

◆

【ほぼ毎日投稿】るあ姫様が斬る！　～わきまえなさいッ～✔
チャンネル登録者数112万人
『おっはこんばんちわーっす♪』
『芸能界で最近チョーシのってまーす！　るあ姫こと、高屋敷瑠亜です！』

『あのねー、瑠亜ねー、夏休みとったんだあ。二週間ガッツリ』

『しばらくお祖父《じい》さまと一緒にのんびりしようと思って〜。アタシから誘ったげたの』

『お祖父さまったら、アタシのこと大好きだからさぁ。もーはしゃいじゃってｗ　血圧あがらないか心配ｗｗｗ』

『でね、その代わり、お祖父さまにワガママ聞いてもらったんよー』

『高屋敷家のシークレットサービスから、ツワモノをるあに貸して♪　って』

『元自衛官とか、傭兵《ようへい》さんとか、あとなんかよくわからん特殊部隊？　のヒトとか、いろいろいるのー』

『なかにはちょーっとガラの悪いのもいるみたいだけど。ま、強ければ問題ナイよねっ♪』

『で、そいつらで何するかってゆうと――』

『もちろん、例の〝女友達〟をガードしてもらうの!!』

『彼女、「カズコ」ってゆうんだけどね？』

『カズコったら、めちゃめちゃモテるくせに、自分の魅力に無自覚でさあ』

『悪い虫がたくさん寄ってきて、もー、見ててハラハラしちゃう！』

『夏休みって、いろいろと誘惑が多い季節でしょ？』
『だから、そのツワモノたちにカズコを護《まも》ってもらうの！』
『アタシにできるのはこのくらいだけどっ。なんにもできないんだけどっ』
『やっぱ、大切な幼《おさな》なじみのこと、護ってあげたいからっ。おめめきらきらっ♥』
『……思い知るといいわ……アタシのカズに手ぇ出したら……どうなるか……』
『…………甘音でも涼華《すずか》でも……他の誰だろうと……ユルスマジ……』
『ってなわけで、夏を満喫ちうの瑠亜ちゃんでしたー！』
『まったねーい！』

【コメント欄　1054】
ババムーチョ・1分前
姫さまが元気になってよかった～！
るあ様のしもべ5号・1分前
おじいちゃん想いのるあ姫、尊い

ドドールコッフィー・1分前

友達LOVEのるあちゃん、てぇてぇ……てぇてぇよぉ……

真実の使徒・1分前

カズって、女の子だったんだ！　なっとく！

さざんかさんさん・1分前

護衛って大げさすぎない？

さらしなもーふ・1分前

なんか最近、独り言多くね？

◆

アルバイト開始から一週間——。

接客、清掃、レジ打ち、その他諸々《もろもろ》に慣れてきたころのことだ。

出勤して控え室で着替えをしていると、メイド服に着替えた柊が入ってきた。

「キャッ！」


俺の上半身を見るなり、ドアを閉めて出て行ってしまった。

シャツを着ながら、ドアごしに呼びかける。

「この場合、悲鳴をあげる権利は俺のほうにあると思うんだが」

「うっ、うっさい！　こんなとこで着替えてる鈴木が悪い！」

「しかたないだろう。更衣室は女子専用なんだから。——ほら、もういいぞ」

ゆっくりドアが開き、彼女がおずおずと入ってきた。

「うう。うううう。ばか。ばか。ばかぁぁあ」

「何唸《うな》ってるんだ？」

「知らんしっ！」

ぷいとそっぽを向いて、ソファに腰掛ける。頬が真っ赤だ。

壁の鏡を見ながらネクタイを結んでいると、チラチラこちらを窺《うかが》う気配を感じる。

「どうかしたか？」

「……や。えーと……その、さぁ」

言いづらそうに視線をさまよわせている。

「……さっきの背中、傷だらけだったけど……怪我《けが》？　それとも事故？」

「ああ。昔ちょっと」

そんな風に濁《にご》した。

女の子に話すようなことじゃない。

格闘術や護衛術、そして殺人技の修業のため、散々しごかれ、鍛えられ、様々な修羅場をくぐって、今こうして生きていられるのが不思議なくらいの子供時代を過ごした――なんて。

あきらかに「普通」じゃないからな。

「あと、すごい筋肉だった。太いワイヤーを何本も束ねたみたい。ただゴツイっていうんじゃなくて、なんか……その」

「なんだ？」

「ヤバかった！」

語彙《ごい》力を消失したようだ。

「昔、ちょっと鍛えてたんだ」

「筋トレ？　それとも部活？　そのくらいであんな風になるの？　男のひとの体って」

「…………」

興味津々のようだ。

これ以上探られたくないので、ちょっと意地悪な言い方をしてみた。

「男の裸に、興味があるのか？」

赤かった顔がさらに赤くなった。

「ばっ、みっ、見慣れてるわよ‼　うちを誰だと思ってんの⁉　か、彼氏とはもうひと通り済ませちゃってるんだから！」

「……そうだった」

即座に反省した。

恋愛経験豊富な彼女にとって、的外れなジョークだった。ウケをとるどころか、プライドを傷つけてしまったようだ。

どうも俺、ジョークのセンスに欠けてるよな……。

「ごめん。柊。機嫌直してくれ」

「やーだー。ぷいっ」

「そう言わずに。この通り。なんでもするから」

「ふん。じゃあ冷たい麦茶を持ってまいれっ」

「畏《かしこ》まりました。先輩」

柊は愉快そうに噴き出した。

教室で、こんな笑顔は見たことがない。

いつもあのブタさんや友達とおしゃべりして笑ってたけど、あれは声だけで笑ってるっていうか。

こんな風に、ソファで転がりながら笑うなんて、ありえなかったもんな。

おかげでメイド服のスカート、めくれてるんだが……。

この笑顔をしばらく見ていたいから、黙っておこう。

◆

ランチタイムが終わる、午後二時。

開店からずっと満席だったテーブルにぽつぽつ空《あ》きが出始めた。

店長が昼飯を食べに出て行って、俺はテーブルの後片付けをしていると——。

「あの、ですから、お客様。ご注文をお願いします……」

声のほうに視線を向けると、七番テーブルで柊が困り果てた顔をしていた。

図体《ずうたい》の大きな三人の男たちが、にやにやと笑っている。

全員黒いTシャツにジャージ姿。

背中には「帝開大学空手部《からて》」とプリントされている。

半袖《はんそで》の腕からは、瘤《こぶ》のような筋肉がこれ見よがしに覗《のぞ》いている。

「だからぁ、言ってるじゃん。注文はキミだって」

一番体の大きな角刈りの男が、柊の細い腕をつかんでいた。

彼女が振りほどこうとしても、いやらしい笑みを浮かべるだけ。

むしろ、その抵抗を楽しんでいるようだ。

他の二人も下心丸出しだ。ウエストを絞るデザインによって強調された胸元や、ミニスカとニーソックスに挟まれた白い太ももを舐《な》めるように見つめている。

「キミ、超かわいいね。JK？　ここ何時に終わるの？」

「オレらクルマだからさ。ドライブ行かね？　海いこうぜ海」

まるで絵に描いたような「うざいナンパ」だ。

普通なら周りから冷たい視線が突き刺さるところだが、なにしろこいつらはデカくてゴツイ。大家族用の冷蔵庫が三つ、テーブルに並んでいるような感じ。周りの客も怖がって目を背《そむ》けるばかり。後ろの八番テーブルの中年男性も、うつむいたまま動かない。

普通の女の子なら、泣き出すか逃げ出すかしているだろう。

だが、柊は踏みとどまっている。

泣きべそをかきながらも、こんな三バカの無茶振りにどうにか対応しようとしていた。
すぐにヘルプしようとした俺だが、思いとどまった。
控え室のやり取りが頭をよぎったのだ。
男性客のナンパなんて、柊くらい可愛ければしょっちゅうだろう。
適当なあしらい方も心得ているはずだ。
余計な横槍《よこやり》を入れると、逆に叱られる可能性もある。
ここはひとつ、彼女の華麗なテクニックを拝んで勉強させてもらうとしよう。
さあ、柊先輩。
恋愛上級者の真価を今こそ――。
「あのっ、あうっ、あ、あぅっ、こまっ、こまりっ、ますぅ……っ」
――あれ？
なんだか赤ちゃんみたいにあぅあぅ言ってるんだけど……。
油断させてから蹴散らす作戦かと思ったが、そんなことをするメリットは何もない。
弱々しい彼女の仕草に、三バカ男はさらに調子づいていく。
「な。ちらっとでいいからさ。そのスカート、めくってみせてよ」

「へっ⁉　こ、こここ、困っ、それは、あの」

「いーじゃん？　短《みじ》けースカート穿《は》いてさぁ。そのエロい脚、見せたいんでしょ？」

　聞くに堪えない下品な笑い声が響く。

　フリルで飾られたスカートの裾をつまんで、めくりあげようとする。

「や、イヤッ……離してくださいっ」

「言うこと聞いたほうがいいと思うよ？　じゃないとオレら、暴れちゃうぜ？」

「そうそう。オレら空手やってんの。わかる？　空手」

「瓦なら十枚くらい、かるーくイケちゃうぜ」

「この瓶とかもさぁ、手で切れんだよ手で。試してやろうか？」

　角刈り男が、サイダーの空瓶をつかんで彼女の目の前に持ってきた。

　空手の高等演武「瓶斬り」をやる気だろう。

「見てろよ？」

　ひゅおおお、と大げさに息を吐き出した。

　手刀を振った。

　瓶は真横に吹っ飛んで、俺のところまで飛んできた。

　片手で受け止める。

　どこも、切れていない。

「ひゃはは。なにやってんだよ角田《かくた》」

「サイダーで酔ったんか？」

「うるせえ！——おい、ガキ。それ持ってこい。もう一度だ」

俺は瓶を持ってテーブルへ歩み寄っていった。

柊のプライドを尊重しようと思ったが、もう、その段階にないことは明白だ。

上手《うま》く手加減できるかどうかわからないが、やるしかない。

「す、鈴木っ？」

彼女が小声で言った。助けに来られて喜んでいる——というより、戸惑《とまど》ってるように見える。ある意味、その考えは正しい。俺が余計な口を挟むことで、三バカがますます暴れる可能性は否定できない。

だから。

暴れる前に終わらせよう。

「あ？　なんだ、お前——」

男の声を無視して、俺は瓶をテーブルに置いた。

手刀を構えて、「ひゅッ」と鋭く息を吸いこむ。

これが、本物の〝呼気〟。

手刀一閃《いっせん》。

サイダー瓶の細い飲み口、その先が綺麗になくなっていた。

斬り飛ばされたそれは、厨房側の壁にぶつかって、その下にあるゴミ箱の中に落ちた。

店内、静寂。

続いて——客たちの歓声に包まれた。

「あの執事、すげえ！」

「本当に手で斬れるんだ、初めて見た！」

口々にほめ称《たた》えてくれる。

さっきうつむいていた八番テーブルの男性も感心したように拍手している。

今まで黙っていたくせに現金なものだが——まぁ、良しとしよう。

「…………」

柊はといえば、ぽかんと俺を見つめている。

いっぽう、メンツ丸つぶれの三バカは怒り心頭。

「てめえ、このガキ！」

「なにナマイキしてんだコラ！」

「瓶斬れたからって、強ぇわけじゃねえぞ！」

さすがにこれには呆《あき》れた。

当たり前だろそんなの。

俺は右手の拳を握り、人差し指の第二関節を折り曲げて突き出させた。

俗に「一本拳」と呼ばれる技だ。

狙いは、三つの喉仏。

最大限手加減して、致命傷を負わせないよう注意に注意を重ねつつ、そして周りに気づかれないよう、素早く——その一本拳を三バカの喉に叩き込んでいった。

まるで隙だらけ。

瓶斬りよりよほど容易《たやす》い。

「店内は、お静かに願います」

そう注意したが、いらぬ世話だったかもしれない。

彼らはもう騒げない。

声が出せないのだ。

ひゅうひゅう、苦しげな吐息を漏らすばかり。

まあ、ひと晩寝れば元通りになるはずだ。……多分。手加減できていれば。

「……っ、ぅ、ぐ……」

「こ、こえがでなっ……」

「おま、な、なにをした？」

苦悶《くもん》の声をあげながら俺を見る三バカの濁った目には、怯えの色が浮かんでいる。自分がいつ攻撃されたのか、気づいてないはずだ。

いい薬になっただろう。

「お帰りは、あちらでございます」

礼儀正しく、出口のドアを指し示した。

「お代は結構です。その喉の慰謝料として私のバイト代から出しておきますので――二度と来るな。二度と彼女に触れるなよ。いいな？」

三バカは喉を押さえながら、首が千切れんばかりに頷く。

店内からは、再び拍手が起きた。

さて、と――。

「柊」

突っ立ったままの彼女に声をかけた。

「このテーブルは俺が片付けるから、レジ打ち頼む」

「……あ、あ、うん……」

まだ、ショックから抜け出せてないようだ。

優しく彼女の肩を叩いた。

「よく頑張ったな。かっこよかったぞ。〝先輩〟」

「………ばか。かっこつけんなっ〝後輩〟」

彼女はぽふ、と拳で俺の胸を叩く。

「っとに、なに考えてんの？　あの後、うちがビシッと言ってやるつもりだったのにさ、だ、だれが、助けてくれなんて、頼んだのよっ……ばかっ……」

ぶつぶつ言いながら顔を伏せて、目も合わせてくれない。

俺はまた、彼女を怒らせてしまったようだ。

◆

空手三バカが退散した後も、しばらく騒動の余韻《よいん》は続いた。

帰っていく客たちが、わざわざ俺をねぎらってくれた。握手を求めてくる人までいた。

「いやあ、爽快だったよあんた！」

「あの空手部の連中、ここの商店街でよく悪さしてるんだ」

「デカイ顔してやりたい放題、どこの店も迷惑していてね」

「本当、胸がスッとした！」

ちょっとほめすぎの気もするが、人の役に立つのは悪い気はしない。

この喫茶店は商店街の人々もよく利用する。みんないい人だ。駄菓子屋のおばさんが飴《あめ》ちゃんくれたり、青果店のおじさんがリンゴくれたり。「新入り」の俺にもこんな優しくしてくれて、感謝しかない。

そのあいだ、柊はぼけっと立っていた。すっかり気が抜けてしまったようだ。

駄菓子屋のおばさんが、そんな彼女の背中を叩いた。

「彩茶ちゃん、良かったねえ！　こんな素敵な彼氏ができて！」

柊の顔が、火が点《つ》いたみたいに赤くなった。

「赤くなって、可愛いわねえ。大事にしなさいよ、新人くん！」

おばさんはすっかり誤解したまま去って行った。

参ったな。

柊には、大学生の彼氏がいるのに。

――まぁ、それはさておき。

「柊。ちょっと俺、出てくるから」

「え、どこに？」

「さっきの八番テーブルのお客さん、忘れ物したみたいなんだ。追いかけてくる」

彼女に後始末を頼んで、俺は駆け出した。

◆

店を出ると、午後の陽射《ひざ》しがカッと照りつけてきた。

手でひさしを作りながら周囲を見回すと、グレーのパーカーの後ろ姿が目に入った。

人気《ひとけ》のない路地裏へと入ってくのを追いかける。


「お客様」


男がゆっくりと振り向いた。

歳《とし》は四十代半ば。

平凡な体型と容姿で、特徴といえば右眉の上に小さな傷跡があるくらいだ。

「なんでしょうか？」

男は感じの良い笑みを浮かべた。

「お忘れ物がありますよ」

「えっ？　本当？」

男はあわてたようにパーカーとデニムのポケットを探った。

「いや。鍵も携帯も財布もちゃんとありますよ。別の客の物でしょう」

「そうでしたか」

俺はポケットから小さな箱を取り出した。

灰色のプラスチック製。

手のひらにちょんと載る程度の大きさだ。

「八番テーブルの下、天板の裏側に貼り付けてありました」

男は物珍しそうに、俺の手のひらの箱を眺めた。

「へえ。奇妙な忘れ物ですね」

「バラしてみないとわかりませんが、おそらく盗聴器です。同じタイプのものを、以前見たことがあります」

「それは穏やかじゃないなぁ。気をつけた方がいいですよ。さっきの三人みたいな、物騒な連中もいることだし」

俺はじっと男の目を見つめた。

「私には、あの三人よりお客様の方が物騒に見えます」

「えっ僕が？　どうして」

「あの騒ぎの時、誰もが七番テーブルの様子を窺う中、あなたは一人うつむいてましたね」

「怖かったんですよ。目が合ったら何をされるかわからない」

「とても落ち着いているように見えましたよ。俺がサイダーの瓶を斬ろうとする瞬間を見計らって、テーブルの下にさっと手を伸ばす冷静さがあるんですからね――この、ネズミ野郎」

にぃっ。

ネズミの唇がめくれあがり、白い歯が覗く。

それは獣の牙のように見えた。

「さすがは、高屋敷家が誇る最年少の『十傑《じゅっけつ》』。瑠亜様のお気に入りというだけはあるな」

「やはり高屋敷家の差し金か」

「あんたを極秘にガードしろと言われている。盗聴器なんて仕掛けて悪かったが、別に危害を加えるのが目的じゃない。信じてもらいたいね」

「もちろん、信じるさ」

俺は盗聴器を地面に落とし、踏みつぶした。

「俺を害するのが目的なら、お前程度のネズミが来るはずがないからな。同じ『十傑』が出張ってくるはずだ。もっと言えば、俺をガードする必要もない。だから目的は――俺に近づく女の排除。だろう?」

「そんな質問には答えられない」

「その回答が、何よりの答えだな」

甘音ちゃんが忠告してくれた通りだ。

あのブタめ、ジジイの権力を利用して、また俺の生活を妨害しに来たってわけだ。

「オレは下っ端だ。御前様《ごぜん》にも瑠亜様にも、直接お目にかかったことはない。この任務の詳細も知らされてはいないんだ」

「じゃあ、帰ってお前の上司に伝えろ。俺の周りをウロチョロするなと」

「このまま、帰れると思うか？」

ネズミの目に思い詰めたものが浮かんだ。

「十傑とはいえ、高校生のガキにコケにされてたまるか。舐められたら終わりなんだよ。オレの商売――」

「だったら、お前も普通に生きろよ」

「は、今さら無理だ。普通なんて」

「なら、どうする？」

ネズミはまた白い歯を見せた。

「あんたを倒せば、裏の世界で名前があがる。別の就職口があるかもしれん。あるいはあの可愛いメイドを痛めつけて、瑠亜様の歓心を買うという手もある――」

ネズミが動いた。

しゅるしゅる、と地を這う蛇《へび》のように体勢を低くして近づいてきた。

懐《ふところ》から抜いた拳を、下から、えぐるように俺の心臓めがけて突きだした。

熟練の動き。

そして、ためらいのない殺意。

裏の世界でしか生きられない男の動きだった。

だが――。


「甘い」


拳を軽く手のひらでパリィした。

体勢を崩したネズミの足元を払う。

素人《しろうと》なら、このままコンクリートに頭を強打して即死もあり得るタイミングだが――そこは相手もプロだ。とっさに後頭部を手で守り、強打は避けた。

とはいえ、脳震盪《のうしんとう》は免《まぬが》れないだろう。

これだけでも、あの三バカ程度なら立ち上がってこられないだろうが――相手は高屋敷家のボディーガードだ。念のため、みぞおちに膝を落として余力を奪った。

完全に戦闘不能。

「今回はこれで見逃す。高屋敷家なんて代物とは〝絶縁〟しろ。この俺のように」

「……っ、ぐ……」

路地裏をのたうちまわるネズミ。声を出さないのは、せめてもの意地か。

「最後に言っておく。あの盗聴器、もし俺が見逃したとしても、きっと彼女が気づいたぞ」

「あんな、メイドが？　まさ、か……」

「彼女はああ見えて、仕事熱心なんだ。掃除にも手を抜かない。テーブルの下も丁寧にすみずみまで拭《ふ》く。おそらく今日中に気づいて、警察に持っていっただろうよ」

柊は、バイト初日に教えてくれた。

『いーい？　後輩。テーブルの下もちゃーんと拭くのよ？　滅多に汚れないところだから今度でいいや、みたいに考えないで。そーゆーとこにお店の本当の姿が出るんだからねっ』

『わかった？　わかったら先輩におへんじっ！』

はい。柊先輩。

おかげで——。

君を、護ることができたよ。

◆

瓶斬りやらネズミ取りやら、その夜のことだ。夏風邪《なつかぜ》で早引けした店長にクローズを任され、柊と二人で店内の後片付けをすることになった。

好都合だ。

今日中にやっておきたいことがある。

俺は柊に厨房の片付けを任せて、ホールの清掃に取りかかった。

柊が教えてくれた通り丁寧に汚れを拭き取りながら——盗聴器・盗撮カメラを探す。

さっきのネズミが仕掛けていったのは、囮《おとり》に違いない。

あれは、わざと俺に見つけさせるためのダミーだ。

「これで安心」と思わせて、本命から注意を逸《そ》らす。

高屋敷家の諜報《ちょうほう》部がよくやる手口だ。

十五分ほどの清掃で、出てきた装置は六つ。

中には、人体感知システムつきの最新型まであった。

別に聞かれて困るような会話もないのだが、あのブタに筒抜けというのも気持ちが悪い。何より、柊や他の従業員に対してプライバシーの侵害だ。人権は守らなきゃな。

ひとつひとつ丁寧に踏みつぶして、箒《ほうき》とちりとりで掃き清めた。

厨房から柊が顔を出す。

「うち終わったよー。そっちは？」

「ああ。ちょうど今終わった」

すると、柊はうつむいてモジモジした。

「あの、さ。少し時間ある？　良かったらお茶しない？」

「ああ。喜んで」

彼女はゆるっと頰をゆるませた。

静かな店内に、メイドさんが淹《い》れたコーヒーの香気が満ちる。

広いテーブルを二人で使い、ゆったりとお茶を楽しんだ。

「店長みたいに、上手には淹れられないケドさ……どう？」

「いや。最高に美味《おい》しいよ」

温度といい、香りといい、丁寧に淹れてくれたことが伝わる。

「もう。ほめすぎだっつの。そうゆうの、真顔で言われるとさぁ……」

カップの湯気の向こうで、彼女の頰が赤くなった。

「ね、鈴木はどうしてバイト始めたの？」

「普通の夏休みが送りたかったから。今までずっと、ブタの世話ばかりで普通のことができなかった。だから高校生活は、精一杯『普通』を満喫したいと思ってる」

彼女はぷっと噴き出した。

「マジでるあ姫のことブタって呼ぶんだね。世界じゅうであんただけだよ、あの高屋敷家の孫娘に向かって」

「もう俺には関係ないから」

盗聴器のこと、柊には黙っておこう。怖がらせたくない。

「バイト代は何に使うの？　あの甘音ってコにプレゼントでも買っちゃう？」

冗談めかして笑った後、何故か寂しそうな顔をした。

「母さんに何か贈ろうと思ってる。学費の高い帝開に入れてもらって、苦労させてるから」

「……あんたんとこ、お父さんは？」

「子供のころ、借金だけ残して逃げていった。それを肩代わりしてくれたのが、あのブタの爺さんだった。母さんは十年かかって、それを返したんだ」

そっか、と彼女は呟《つぶや》いた。

「実はうちも、お父さんいないんだ」

「じゃあ、バイトはそのため？」

「うん。少しでも生活費入れられたらって思って」

「意外だな。お金持ちのお嬢様かと思ってた。ブランドものとか持ってなかったか？　よく教室で自慢してたじゃないか。全部彼氏のプレゼントなのか？」

柊は首を振った。

しばらく沈黙をはさんだ後、一気に語り始めた。

「実はあれ、ぜんぶニセモノなの。しかも中古品。値段なんて超安いし。小学生のおこづかいで買えちゃうくらい」

「そうだったのか」

「うち、見栄《みえ》っ張《ば》りだから。他のコとは違うって、普通じゃないって、周りに見せてないと不安になるの。実はね、大学生の彼がいるっていうのも嘘。ひと通り経験ズミっていうのも、嘘。ぜんぶ、うそなの……」

彼女の声は小さくなっていった。

俺は彼女が淹れてくれたコーヒーを飲みながら、この告白の意味を考えた。

普通でいたい俺。

普通でいたくない柊。

同じ学校、同じ教室でも、こんなに違う。

人それぞれの生き方っていうのは――こんなにも。

「どうして、俺にその話を？」

「鈴木には聞いてほしいって、そう思ったの。理由は自分でもわかんない。ただ、あんたに嘘つくと……ここのところが、すごく痛くなっちゃう」

メイド服の胸元を、彼女は右手でかきむしった。

「和真」

「え？」

「呼び方、和真でいいよ」

彼女は目を見開いた。

「いい、の？　うちのこと軽蔑しないの？　カラオケ屋であんなことしたのに？」

「あれにも、きっと理由があるんだろう？」

それは以前から気になっていたことだった。

みんなが俺を笑う中、彼女だけは笑わず、軽蔑の色をその瞳に浮かべていた。「瑠亜のドレイ」。そんな風に俺を呼んで、蔑《さげす》んだこともあった。何か理由があるはずだ。

「……自分を見てるみたいで、嫌だったから」

マスカラで彩られたまつげを伏せて、彼女は言った。

「うちも、他人《ひと》のこと言えない。ドレイだから。『上級』でいるために、瑠亜の取り巻きやって、笑いたくないことで笑って、怒りたくないところで怒って……周りに合わせて、自分の感情押し殺してる、ドレイ」

「だったら、あの場は俺を笑うべきだったんじゃないのか」

「笑えなかったの。がんばっておしゃれしてきたあんたのこと、笑えなかった」

「どうして？」

「まるで自分みたいだって、思ったから」

「……」

柊は、あのブタの奴隷だった俺の中に、自分の醜《みにく》い面を見てしまったということか。

つまり——。

「あの時の軽蔑は、俺じゃなくて、お前自身の劣等感に向けたものだったんだな」

柊は頷いた。

「ごめん。うち最低だよね。嘘つきで、コンプまみれで、見栄っ張りでさ。マジ、ダサい。こんな自分が、ほんと、大嫌い」

そこまで思い詰める必要はないと思うんだが……。

真面目すぎるんだろうな。

外見はギャルなのに。

その実、誰よりも真面目で、そして純粋なのが、柊彩茶なんだ。

「俺は、柊のこと尊敬してるけどな」

「ダンスは子供のころからやってるだけ。特待生だからって、大したもんじゃないよ」

「違う、違う」

俺は強く首を振った。

「大学生の彼氏がいるとか、ブランドもの持ってるとか、特待生だからとか、どうでもいい。柊が真面目に仕事をするメイドさんだから、尊敬してるんだ」

「べ、べつに、あんなの誰にでもできるし」

「できないね。一緒に仕事した俺の目はごまかせない。柊彩茶は、世界一立派なメイドだ」

テーブルごしの柊の瞳が、じわっ、と湿った。

その濡れた目を隠すように、うつむいた。

「も、もしかして口説《くど》いてる？　うちのこと」

「え？　……いや。本音《ほんね》だけど」

どうやらまた間違えたらしい。

普通に感想を述べたつもりが、口説いてるように聞こえたなんて。

言い直そう。

「教室では明るくてキラキラしてるのに、バイト先では真面目でキリッとしてる。そんな柊はとても素敵だと思う。尊敬してる」

赤かった柊の頬が、ますます赤くなった。

「やっぱ口説いてる！　それゼッタイ口説いてるじゃん！　なんなのあんた⁉」

「……ええ……？」

おかしい。

普通にほめただけなのに、何故。

「っとに！　和真ってば、どうして真顔で、そうゆうっ……ぅ、ううぅぅ……っ」

テーブルに突っ伏して、ふにゃふにゃしている。

まったく、見ていて飽きない。

ダンス部のカリスマギャルでいるよりよっぽど魅力的だ――なんて、これも口にしたら駄目なんだろうな。


その時、店のドアが開いた。


クローズの札はかかっていたはずだ。

柊が立ち上がった。「申し訳ありません、もう閉店――」言いかけたその表情が凍りついた。驚きとショックで、動かぬ彫像と化した。

入り口に立っていたのは、一匹のブタと一人の少女。


「ごきげんよう～カズぅ♥　あーんど、ドロボウネコぉ～～～ん」

薄暗い店内を、ブタがじろじろと見る。

「下僕《ネズミ》から連絡が途絶えるわ、盗聴器の信号はぜんぶ消えちゃうわ、さすがアタシのカズ

♥ってカンジ♪　もーバレちゃってるならいいかなって思って、来ちゃった！　てか、執事姿見るのひさしぶりぃ～！　イカしてるわよん♪」
ブタの鳴き声を聞き流しながら、俺の注意は隣の少女に向いていた。

――できるな、こいつ。


シャギーの入ったショートヘアは雪のように白く、瞳は血のように紅《あか》い。

漆黒のライダースーツに包まれた肢体はしなやかで、美しい獣のようだ。

顔立ちは不自然なくらい整っているが、およそ生気というものが感じられない。

意志をもたぬ、人形《マリオネット》――。

そんな印象を受ける少女だった。

「カズは初対面よね。氷ノ上零《ひのかみれい》。この夏からアタシのガードについた子で、新しい〝十傑〟よん」

「荒木《あらき》さんの代わりが、ようやく見つかったわけか」

「そーよ。カズがけちょんけちょんにしちゃったもんねぇ、あのオッサン」

ブタは立ち尽くす柊をにらみつけた。

「よくもアタシのカズに手ぇ出したわね。アヤチャ。このエアビッチが」

「ど、どうして、ここが」

「アンタがここでバイトしてることくらい、ずーっと前から知ってたわよ。チャラチャラ見せびらかしてた偽ブランド品のことも、大学生のエア彼氏のことも、ぜぇーんぶ。このるあ姫様のクラスメイトは、ぜぇーいん身辺調査ずみ。常識でしょ？」

柊の顔が真っ青《まさお》になった。

「ま、そんなのはどうでもいいのよ。見栄張ってんなァ～ガンバッてんなァ～って、ニヨニヨさせてもらってたから。オモロかったわよアンタの演技。でも、今回はダメ。チョーシに乗ってカズに言い寄っちゃったら、もうね、戦・争」

長い金髪をサラッとかきあげ、ブタがさえずる。

「そもそもさあ、アヤチャ。アンタ、今さらカズを口説ける立場なの？　何良い子チャンぶってるのよ？　あのカラオケボックスのこと、忘れたとは言わせないわよ」

柊は震え上がった。

「あの一件で、アタシとカズはちょっぴりケンカしちゃったわけだけどさぁ——アヤチャもあん時、その場にいたよねえ？　ケーベツの目で見下してたよねえ？　覚えてるわよアタシ」

「……っ、ぁ……、……っ」

必死に口を動かそうとしているが、声にならない。

「アンタだけ笑わなかったのは、カズに同情しちゃったから――じゃないわよねえ？　アンタ、あの時カズに自分を重ねちゃったんでしょ？　頑張っておしゃれして上級の仲間入りしようとしてるカズに、ニセブランドばっかかで見栄張ってる自分を重ねちゃったんでしょ？　だから――笑うに笑えなかったのよねえ？　それが、何を今さらカズに言い寄ってンのよ、このホラ吹き女！」

聞くに堪えない。言葉による虐殺だ。

「もうやめろ。俺は彼女を恨んでない。だいいち、お前に彼女を責める資格はない。あの場を主導してたのは、お前だろうが」

「カズは黙ってて。これは女同士のハナシなんだから」

ブタの隣で、人形少女が俺を見つめている。

一挙手一投足、見逃さないという目つき。

あのネズミとは比べ物にならない。

完全なるプロ――いや、機械《マシーン》の目だった。

「ほんと、アンタのホラは失笑モンだったわ。なんだっけ？　こないだ話してたの。ファーストキスだっけ。湾岸デートの後、彼氏にクルマで送ってもらって、別れ際にキスされた？　平成どころか昭和すぎてクサっ。いやもう、アタシ、笑いこらえるのに必死だったんですケド～？　なんなら涙出ちゃってたんですケド～？　彼氏イナイ歴＝年齢のくせしてさぁ。ホラ吹きビッチｗｗｗ　自慢モリモリエアビッチｗｗｗｗ　超ウケるｗｗｗｗｗ死ねｗｗｗｗｗ」

柊の目の縁に大粒の雫《しずく》が盛り上がった。

頬をつたって、静かに流れ落ちた。

静かな店内に、すすり泣く声が響いた。

「――」

俺は激しく後悔した。

知らなかったとはいえ。俺がここでバイトしたばっかりに、彼女をこんな目に遭わせてしまった。ブタに言いたい放題言わせてしまった。

だが、後悔しても始まらない。

何も生まれない。

ブタと絶縁した俺は、過去ではなく未来に生きる。

そう決めた。

決めたんだ――。

「柊」

俺は彼女の名を呼んで、そっと肩を抱き寄せた。

メイド服に包まれた均整のとれた肢体が俺の胸に収まる。

ブタが「ちょっ」と声をあげるが、無視。

雫をまとう柊の顋をつまんで、上を向かせ、抱きしめて——。

「…………ァ…………」

彼女が漏らした吐息ごと、盗む。

グロスが彩る蕾《つぼみ》を優しく啄《ついば》む。

銀色の糸が、互いのくちびるに架かり、プツンと切れた。

「これで、キスは経験ずみだな」

「……かず、ま……」

「もう、嘘じゃない。ホラ吹きじゃない。誰にもそんなこと言わせない。この俺が——言わせるものか」

彼女は再び涙を流した。

さっきとは違う、温《ぬく》もりに満ちた涙だった。

ブタさんは、あんぐり口を開けたまま、一部始終を見ていた。

わなわなと唇を震わせ、それから――。

「零」

名を呼ばれた人形が、わずかに眉を動かした。

「あの女――――コロセ」


人形が跳んだ。

右の壁を蹴り、その反動で柊に襲いかかる。その視線が、的《まと》を指し示す。頸動脈《けいどうみゃく》。手刀を叩き込むつもりだ。

させると思うか？

俺は柊を左側のソファに突き飛ばした。

人形は目を逸らさない。

柊の頸動脈をロックオンしたまま、手刀の軌道だけをずらす。

獲物から目を逸らさないのは立派だが、そのぶん、俺への対応が甘くなる。

俺は右に回り込み、沈みこむように体勢を低くした。

床に手をつき、死角から抉《えぐ》るように――――回し蹴り。
人形の腹につま先を蹴り込み、小柄な体軀《たいく》を向こう側の壁まで吹っ飛ばす。
そのまま壁に叩きつけられたなら、全身打撲は免れないところ。
だが――さすが〝十傑〟。
叩きつけられる瞬間、人形は空中でくるりと回転した。
壁を両足で蹴ってダメージを軽減し、よろめきながらも無事着地する。
表情はいっさい変わらない。
唇から少し血を流しているだけ。
しかし、その視線《ターゲット》は、柊から俺に変わっていた。
よろしい。
このお人形なら、手加減しなくても死なない。
数年ぶりに、全力――の、半分の半分くらいは出せそうだ。
ブタの罵詈雑言《ばりぞうごん》のおかげで、ひさしぶりに昂《たか》ぶってる。
少し暴れたい気分だ。
「来い。新入り。本物の〝十傑〟を教えてやる」

◆

対峙《たいじ》する。

人形のように無機質な美少女と向かい合う。

彼女――氷ノ上零の取った構えは、「猫足立ち」。

猫のように膝を曲げて踵《かかと》を浮かせ、重心を低くしてあらゆる動きに即応する構え。

わずかに膝を上下させてリズムを取っている。

こちらが仕掛けたタイミングで、カウンターを浴びせるつもりのようだ。

「十歳くらいまでは空手。そこから日拳《にっけん》、テコンドーが交じって、あとは躰道《たいどう》も少し齧《かじ》ったってところか」

人形の眉がかすかに動いた。

構えを見れば、相手の格闘技歴はおおよそわかる。

彼女が得意とするのはおそらく蹴り。黒のシューズに何か仕込んでいる可能性が高い。

気をつけるのはそこだけだ。

「零！」

緊張感を削《そ》ぐブタの声が、薄暗い店内に響く。

「カズには構わないで！　そこのビッチだけ狙うのよ！　わかった⁉」

人形は小さく頷いた。高屋敷家令嬢の言葉は当主の言葉も同じ。命令は絶対だ。たとえ、その令嬢が人の皮をかぶったブタであっても。

「難しい注文をするご主人様だな」

「………」

ブタが殺意を抱く柊彩茶は、俺の背後のソファで怯えている。

護ってやらなくては。

「試してみるか？　俺を突破して、柊に手を出せるかどうか。新しい〝十傑〟なんだろう？　さくらさんに認められるほどの――」

人形が跳躍した。

膝のバネだけで天井近くまで跳び上がり、綺麗な弧を描きながら右脚で蹴りを繰り出す。

シューズの爪先からは鋭い針《ニードル》が飛び出している。

あんな凶器つきの蹴りを喰《く》らえば致命傷となる。

ガードしても大怪我は免れない。

しかし、避けたら後ろの柊が危険にさらされる。

それを見越しての攻撃だった。

だが――。

悪いな。

避けるまでもないんだよ。

「⁉」

マネキンの目が見開かれた。

爪先に仕込んだニードル、その先端が綺麗に消失している。

俺が手刀で叩き折ったのだ。

向こうの壁に破片が跳ね返り、そのまま下のゴミ箱へと落ちる。

せっかく掃除した店内、散らかされては敵《かな》わないからな。

「まさか、一日に二回も『瓶斬り』するハメになるとはな――」

そのまま人形の蹴り脚をつかんで、体ごと巻き込む形で投げる。

足を持って仕掛ける一本背負いだ。

鳴神《なるかみ》流合気柔術・疾風《ハヤテ》の型。

百舌《もず》墜《おとし》――。

「ッ‼　かはっ……」

ずっと無言だった人形の口から苦悶が漏れた。

背中から強く壁に叩きつけられたのだ。

常人ならしばらく呼吸できないはずだが、そこは、ブタのガードに抜擢《ばってき》されるだけはある。肩を苦しげに上下させながらも立ち上がってきた。

血の滲《にじ》んだ唇が、ほんのわずかに緩んでいる。

この人形が初めて見せる、表情らしい表情だった。

「れ、零が、笑ってる……っ？」

ブタさんが驚きの声をあげた。

俺にはわかる。

「嬉《うれ》しいんだろう？　強い相手と戦えるのが」

「…………」

「わかるよ。機械《マシーン》に許された唯一の自由だもんな。戦いは」

かつては俺もそうだった。

ブタの影に徹して、引き立て役になって。学校の行事であろうとテストだろうとなんだろうと、全力を出すなんて許されない。自分のことはすべて二の次であると教育——いや、「洗脳」されている。それが、高屋敷家に仕えるということなのだ。

「零だったな。お前も高屋敷家と絶縁したらどうだ？」

「…………」

「自由になって、俺みたいにバイトするんだ。メイド服、着てみたくないか？　けっこう似合うと思うぞ」

人形の紅い瞳が、ソファにいる柊の姿を捉えた。

獲物《ターゲット》を狙う目ではない。

彼女がまとう魅惑のミニスカメイド服。それを見つめるまなざしだった。

「だ――――もぉ！　和《なご》んでんじゃないわよぉぉぉぉぉ‼」

ブヒヒン！　とブタが地団駄を踏む。

「零！　早くコロシて！　コロシなさいその女を！　アタシの命令が聞けないの⁉」

「…………」

人形は再び戦いの構えを取った。

また膝でリズムを取り始める。

瞳から感情が消え去り、柊へと視線を定める。

――しょうがない、か。

人にちょっと言われたくらいで生き方を変えられるなら、誰も苦労はない。

俺のように何かきっかけが必要なのだ。

その時、店のドアがまたもや開いた。

「はい、はーい。そこまで。そこまで～っ」

のんびりとした声とともに入ってきたのは、桜色の浴衣《ゆかた》を着た女性だった。

長い黒髪が目を惹《ひ》く、おっとりとした美人。

ぱっと見、年齢がよくわからない。三十を超えてるような貫禄《かんろく》もあるし、見ようによっては女子大生のような若々しさもある。

目元にはほくろ。

手には桜色の扇子《せんす》を持っている。

殺伐とした空間に、ニュルッと忍び寄るようにして入り込む。そして、自然に溶け込んでしまう。地雷原を笑顔で散歩するかのように、のどかで、場違いで、そして——「不敵」であった。

女性は店内を見回すと、はぁっと大げさにため息をついた。

「瑠亜ちゃんさぁ。いくらなんでもコレはないわぁ～。やりすぎ。外まで聞こえてたけど、コロセはやりすぎよぉ～。御前も同じこと言うと思うわよぉ？　こんなくだらない理由のコロシをもみ消すのはゴメンだわぁ～」

「……っ、だ、だって、許せなかったんだもんっ……」

ブタさんは気まずそうにうつむいた。

人形は素早くおっとり美人の前にひざまずいた。

俺もつい、それに倣《なら》いそうになった。長年のクセが染みついている。

そう。

彼女こそ、十傑の筆頭。

俺の師匠であり、ブタの従姉《いとこ》でもある。

高屋敷さくら。

桜の描かれた扇子を広げて口元を隠し、クスッと笑う。

「おひさしぶりねぇ～和《かず》くん。なんか、瑠亜ちゃんと絶縁したんだって？」

「師匠に挨拶もなしで、すみません」

「まぁね、いつかこうなるとは思ってたわよぉ～。キミってば、人に飼われるような目ぇしてないもん。結局『千年孤狼《せんねんころう》』の二つ名の通りになっちゃったね～」

「はぁ、まあ」

どうもこの人と話すと調子が狂う。

この、ほんわかペースに巻き込まれるというか。

戦略も戦術もこの人に習ったけれど、この独特の「空気」だけは学べなかった。

「あー、ともかくねえ瑠亜ちゃん？　この件は私があずかりますので～。今日のところは引きなさいな～？」

「うぅ……でも、でも……」

「い・い・わ・ね～？」

ほんわかと微笑《ほほえ》む師匠。

笑顔の圧力だ。

高屋敷家当主の愛孫にも、言うことを聞かせるだけの迫力に満ちている。

もっとも、ブタはキレたら何しでかすかわからないから、師匠でも止められない時は止められないのだが――。


「あ、あのっ‼」


声をあげたのは、ずっと沈黙していた柊だった。

ソファから立ち上がり、頭を下げる。

「ごめん瑠亜。うちが悪かった。ごめん」

「あん？　何よトートツに」

「うち、嘘ばっかついてた。瑠亜にも、クラスのみんなにも。見栄張って。瑠亜が言う通り、うちに、今さら和真と仲良くする資格なんかない」

「当たり前でしょっ！」

怒鳴りつけるブタ。

しかし、柊は怯《ひる》まなかった。

「お願い。もう一度やり直させて。嘘を償って、何もかも最初から。自分に正直になって、やり直すから。ねえっ、お願い！」

「……っ……」

迫力に押されたブタの肩に、師匠が手を置いた。

「ほーら瑠亜ちゃん。お友達もこう言ってることだしぃ～」

「友達じゃないわよ！　こんなヤツ！」

ブタは柊をにらみつけた。

「じゃあアンタ、島流しね。担任《ハゲ》に頼んでクラス替えてもらう。良いわね？」

「……うん。わかった」

「アンタが受けてるダンス部の特待制度も白紙。もう一度審査受けなさい。落ちたら一般生徒に降格だからね」

柊はうなだれるように頷いた。

まぁ、落としどころとしてはまずまずだろう。

柊が自分で選んだ贖罪《しょくざい》だ。俺がとやかく言う筋じゃない。

「んじゃっ、帰るわ！」

ブタさんは金髪を翻《ひるがえ》した。

言いたいことを言って、スッキリしたようだ。

「じゃあねん、カズ！　また会いましょ？」

「二度とごめんだ」

「また照れちゃって。カワイイ♥　いつか、そのブスに奪われたキスの上書きっ、してあげるからねっ！」

「………」

まったく、めげないブタさんである。

今日のところはこれでいい。

後日、さらに過酷な罰を彼女に下そうというのなら――その時こそ、俺が潰してやる。

たとえ、師匠や他の「十傑」を敵に回すことになったとしてもだ。

◆

ブタさんと人形が店を出て行った。

その間際、ブタさんが投げキッスをかましてきたので、バク宙してかわした。

「もうカズったら、また照れちゃって♥」

照れてない。照れてバク宙なんかしない。それを見た柊が目を丸くする。くそ。またしても普通じゃないところを見られてしまった。

「さぁて、と」


仕切り直すかのように、師匠は言った。

こうして向かい合っていると、まったく普通にしか見えない。

普通の、おっとり美人だ。

だが、その正体はどうか？

俺が知る限り、彼女は世界で五本の指に入る〝達人〟だ。

それなのに「普通」にしか見えないというのが、どれほど規格外のことなのか——。

いずれ俺も、あの境地まで辿り着きたいものだ。

「ねえ和くん。いちおう聞いておくけれど～」

「はい師匠」

「…………あれ～？　なに聞こうと思ったんだっけ～？」

「…………」

知らんがな。

まぁ、この人はいつもこんな感じだけれど。昔から。

「ああ思いだした。和くんは、もう高屋敷家に戻る気はないの～？」

「ありません」

そう答えるのに、なんの躊躇《ためら》いもない。

「御前は、あなたのことあきらめてないわよ？　何がなんでも瑠亜ちゃんの婿《むこ》にするつもりだと思うけど～」

「迷惑です」

「そうは言っても、この国で一番の権力者だからねえ～。これから大変よ～？」

「覚悟の上で、絶縁したんです」

師匠は扇子で口元を隠し、ため息をついた。

「本当に解けちゃったのね。『服従の洗脳』。簡単には解けないようになってるはずなんだけどなぁ？　よほどの術士に出会ったのね」

「術士？　覚えがないですね」

「うそうそ～。いくら和くんでも、自力ではムリよぉ。解除のキーワードを言わないと」

「キーワード？」

「そ。主《マスター》である瑠亜ちゃんが口にしないと、効果を発揮しないようになってるはず。絶縁の時、彼女に何か言われた？」

「『アンタと幼なじみってだけでも嫌なのにw』」

師匠は扇子で自分のおでこを叩いた。

「絶対それよぉ～！　『主従関係の解除である』と和くんの脳が認識しちゃったのよ～！　ああもう、なんでそんなこと言うかなぁ～瑠亜ちゃん！」

「そのつもりはなく、つい口にしたんでしょうね」

調子に乗ってるうちに、「超えちゃいけないライン」を踏み越えてしまったのだ。

ブタさんあるある。

ついさっきもクラスメイトを殺そうとしたように、その時のノリと勢いで、法律でもなんでも破ってしまう。

「どうします？　俺を連れ帰って、もう一度洗脳しますか？」

「おとなしく洗脳されてくれる～？」

「まさか」

せっかく手に入れた自由、手放せるわけがない。

「まぁ、もう手遅れだけどね。洗脳って、子供の時からずーっと刷り込んでいかないとできないし。高校生まで育っちゃったら、再洗脳はもうムリね～」

「あの零って子も、洗脳ずみなんですか？」

「そ。あなたを作った『超神《ちょうじん》機関《きかん》』がSS評価つけた自信作なんだって」

「さっき、軽くボコッちゃいましたけど」

「………。聞かなかったことにしよ～っと♪」

師匠はしれっと目を逸らした。

「洗脳が解けたことで、潜在能力の制限《リミッター》も外れていくと思うわ～。くれぐれも気をつけてね？」

「何か危険でも？」

「あなたが、じゃなくて周りが。ていうかこの社会、この国、この世界が」

「そんな大げさな」

「大げさなものですか。和くんが全力を出したら、日本なんか吹っ飛んじゃうでしょ」

ふうん。そうなのかな。

仮にそうだとしても、俺には関係ない。

「安心してください師匠。俺は普通に生きていくつもりです」

「普通ね～？　あなたが〝普通〟ね～？」

師匠は俺の姿をじろじろと見つめた。

めちゃめちゃ疑われている。

「じゃあ、そろそろ私帰るから～。今度はお客として来たいわね～」

「ぜひ。師匠ならサービスしますよ」

「今度は、敵同士かもね」

「その時も、手加減《サービス》します」

「言うわねぇ〜、この愛弟子《まなでし》クン！」

桜色の袖を振り、師匠は今度こそ帰っていった。

◆

店内には、俺と柊だけが残された。

静まりかえった空気のなかで、柊がつぶやくように言った。

「なんか、すごかった……。あの師匠ってひとの話も、和真のス○ブラみたいな動きも、ぜんぜん現実感ないや」

「……」

スマ○ラって言われたのは初めてだな……。

「すまない。変な騒動に巻き込んで」

柊は笑って首を振った。

「元はといえば、うちがまいた種だもん。うちが、ずっと嘘ついてたからだもん。瑠亜が怒るのもわかるし、しかたないよ」

「あのブタが出した条件、本当に呑《の》むのか？」

「もちろん。もう一度、特待生審査受ける。うちのダンスで、もう一度奨学金勝ち取ってみせるよ」

　だけど、と彼女は笑った。

　強がりの笑みだ。


「だけど、だけど……和真とクラス分かれちゃうのは、寂しい……かな」

　俺はメイド服の華奢《きゃしゃ》な肩を叩いた。

「大丈夫だよ。柊は強いから、大丈夫」

「……ウン……」

　亜麻色の髪が、かすかに震える。

「ねえ。どうして和真は、うちにそんなに優しいの？　本当なら、あんたと仲良くする資格なんかないのに」

「仲良くなるのに、資格がいるのか？」

　目の前のメイドさんに問いかけた。

「俺には友達がいなかったから、わからないんだ。それが『普通』なのか？　だとしたら、ずいぶんくそったれな普通もあったもんだ。鈴木和真は、柊彩茶を尊敬している。仲良くなる理由はそれで十分だ」

柊は嬉しそうに微笑んだ後、小さく首を振った。

「でもそれじゃあ、うちの気が済まないの。何か……罪滅ぼしさせて欲しい」

彼女らしい律儀さだった。学校では今どきのギャルそのものの彼女が、こんないじらしさを持っていることに、それを俺だけが知ってることに、喜びを覚える。

ならば――。

「じゃあ、ひとつ頼みがある。あのカラオケの時、俺は精一杯おしゃれして行ったんだ。上級たちの仲間に入りたくて、わざわざ美容院まで行って。俺としてはかっこいいつもりだったんだけど、笑われた。それは、俺がダサかったからだよな？」

「ん……。まぁ、ちょっと背伸びしすぎてたのかも。普通のおしゃれで良かったと思う」

「そこだよ」

俺には「普通」がわからない。

だから。

「なあ柊」

「……彩茶、って呼んで欲しい」

「彩茶。俺を『普通』に、かっこよくしてくれないか？　『髪切って登校したらいきなりワーワー騒がれる』とかでなくていい。普通でいい。ふつーに、かっこよくして欲しい」

彩茶は笑顔になった。

「まかせて！　うちが服と髪型コーディネイトしてあげる！　世界一かっこよくしてあげるから！」

「いや。世界一普通にしてくれ」

世界一の時点でもはや普通じゃない気もするが、まあいい。

彩茶先輩にお任せしよう。

「じゃあ、今度の休みにお出かけしようねっ。モール行って、それから、プールとかもっ。……えへへ」

柊は頬を赤らめると、俺の胸の中へ飛び込んできた。

メイド服と執事服が衣擦《きぬず》れの音を立てる。

亜麻色の髪から漂う清潔な匂いに、異性を強く意識した。

「あの、さ。さっきの、キ……キス、だけど……」

「ごめんな。無理にして。怒ってる？」

「それは、いいんだけどっ、いいんだけどっ……うち、初めてだったから、さ……」

俺のすぐ目の前で、彼女の瞳がとろける。

「ちゃんと、ムードある感じでやり直したいの。……ダメ？」

「いや。喜んで」

嬉しそうに彼女が微笑む。

目を閉じるのを待ってから、唇を重ねた。

その柔らかさと、しばらく、溶け合っていた。

ゆっくり離すと、涙に揺れる瞳が俺を見つめていた。

「……ごめん、もう、一回……」

三度目は、目を閉じるのを待たずにした。

今度は柔らかさより、熱さを感じた。

花びらのような唇に俺の舌が擦れると、彼女は踵を浮かせてふるっ、と痙攣《けいれん》した。

「…………も、いっ、かい…………」

痙攣のたびに、瞳が濡れていく。

四度目で、もつれ合うようにソファへ倒れ込んだ。

この夜。

俺は彼女に、五度の「初めて」を経験してもらった。

◆

バイトを終えて帰宅する、その暗い夜道。
ポケットの中でスマホが立て続けに震動した。
画面に表示されていたのは、メッセージの通知が三件。
湊甘音。
胡蝶《こちょう》涼華。
瀬能《せのう》イサミ。
『今度の日曜、一緒にプールに行きませんか？』
『今度の日曜、空けておいて。プールに行きましょう』
『今度の日曜、プールに行こうよっ！　ぜったいだよ！』
……うーん……。
まるで示し合わせたように、かぶったな。

柊彩茶も合わせて、四人の可愛すぎる彼女たちからのお誘い。
身に余る幸運には違いない。

しかし。

これは「普通」なのだろうか？

あとがき

裕時悠示《ゆうじゆうじ》と申します。

「俺の彼女と幼なじみが修羅場すぎる」「29とＪＫ」などの著者です。ツイッターやＹｏｕＴｕｂｅのチャンネルもやっていますので、ぜひ検索お願いします。

縁あって、講談社ラノベ文庫にて本作を出版させていただくことになりました。

素晴らしく可愛いヒロインたちを描いてくださったイラストレーターの藤真拓哉《ふじまたくや》さん、担当編集のサトさん、その他多くの方々のご尽力で一冊の本にしていただくことができました。本当にありがとうございます。

本作は「小説家になろう」発の作品です。

連載中、たくさんの読者の方々に、励ましのコメントや、温かい言葉をかけていただくことがありました。そういったコメントのひとつひとつが、私の力となり、この作品のひと文字ひと文字となっています。感謝してもしきれません。ありがとうございます。

そして、今回「はじめまして」となる読者の方々も――。

主人公・和真《かずま》が目指す「普通」の高校生活と、彼を「普通じゃない」ほど愛するヒロインたちのラブコメを、楽しんでいただければ幸いです。

それでは今回はこの辺で。

お付き合いいただき、ありがとうございました。

講談社ラノベ文庫

S級学園《エスきゅうがくえん》の自称《じしょう》「普通《ふつう》」、可愛《かわい》すぎる彼女《かのじょ》たちにグイグイ来《こ》られてバレバレです。

裕時悠示《ゆうじゆうじ》

2022年7月29日第1刷発行

発行者	森田浩章
発行所	株式会社　講談社 〒112-8001 東京都文京区音羽2-12-21
電話	出版　(03)5395-3715 販売　(03)5395-3608 業務　(03)5395-3603
デザイン	AFTERGLOW
本文データ制作	講談社デジタル製作
印刷所	株式会社ＫＰＳプロダクツ
製本所	株式会社フォーネット社

KODANSHA

ISBN978-4-06-529107-8　N.D.C.913　339p　15㎝
定価はカバーに表示してあります

講談社ラノベ文庫

七聖剣と魔剣の姫1～2

著:御子柴奈々　イラスト:ファルまろ

この世界を終わらせる災害——天災《アポカリプス》を止めるため、
最強の剣士サクヤは、千年の眠りについた。
そして目覚めたサクヤは、次の天災が起きるとされる、
フレイディル王国の王女アイリスと出会い、その護衛をすることになる。
だが、彼女は呪われた聖王女《カースドプリンセス》という異名を持っていて……!?